Erik Dietzen

Diffidos & Inhabitos

Geschichten einer Großstadt

AF219753

ERIK DIETZEN

Diffidos & Inhabitos
GESCHICHTEN EINER GROẞSTADT

Die Deutsche Nationalbibliothek verzeichnet diese Publikation in der Deutschen Nationalbibliografie; detaillierte bibliografische Daten sind im Internet über http://dnb.dnb.de abrufbar.

2. Auflage
© 2021 Erik Dietzen
Alle Rechte vorbehalten.
Vertreten durch: Dr. Stephan Guttowski,
Rudelsburgstraße 26, 13129 Berlin
Covergestaltung: Michael Barth
Stock-Fotografie-ID: 472114687
Buchsatz: Kerstin Barth
Herstellung und Verlag:
BoD – Books on Demand,
Norderstedt
ISBN: 978-3755716556

White House Leaks A/1996-05-20

Als Steven Spielberg im Februar 1996 beschloss, *Men in Black* zu drehen, saß er in seinem Haus hoch oben auf den Klippen am Pazifik, hatte ein Glas Wein in der Hand und starrte versunken in die nur noch leise glimmende Glut des Kaminfeuers. In seinen Gedanken tauchten dabei all jene Freunde auf, über die er schon sehr lange einen solchen Film machen wollte. Viele von ihnen waren besonders, einige hatten ihm schon vor Jahren im Rausch ihre wahre Herkunft gestanden. Nun endlich tauchte das passende Drehbuch dafür auf.

Still lächelte er in sich hinein. Wer von ihnen würde wohl zusagen, würde zumindest beratend an dem Projekt mitarbeiten? Die perfekte Besetzung für die beiden Hauptrollen war mit Clint Eastwood und Chris O'Donnell schon engagiert. Besser konnte es nicht laufen.

Spielberg genoss die Wärme der Flammen, denn selbst hier im von der Sonne verwöhnten Kalifornien gab es Abende, an denen der Winter durch die Ritzen der Häuser kroch. Heute war so ein Abend, und deshalb achtete er darauf, nicht zu weit vom Feuer abzurücken. Wie zur Bekräftigung der eben getroffenen Entscheidung nickte er stumm, legte das dicke Manuskript zur Seite und sagte laut zu sich selbst: »Ja, das machen wir!«

Was er nicht wissen konnte, war, dass noch jemand seine Worte hörte. Jemand, der sehr weit entfernt, am anderen Ende des Landes tief unten in einem kleinen Zimmer eines vollkommen isolierten Bunkers saß. Den ganzen Abend über hatte dieser angespannt gelauscht, zu welchem Entschluss Spielberg kommen würde. Dieser Jemand wurde nun, da es in die von allen erwartete Richtung ging, aktiv. Er schrieb eine kurze Nachricht und sandte sie, versehen mit der maximal möglichen Verschlüsselung und höchster Dringlichkeit an genau eine Person. Die Mail wurde in nur wenigen Minuten mehrfach weitergeleitet, bis sie auf einem Rechner aufploppte, dessen bloße Existenz stets verleugnet worden war.

Spielberg war inzwischen zu Bett gegangen, und so dauerte es eine Weile, bis er das Telefon hörte. Es war einer dieser Anrufe, die selbst er nur höchst selten bekam. Er rappelte sich hoch, griff nach der winzigen Nickelbrille, die stets neben der Lampe am Bett lag, und vergewisserte sich, dass es wirklich jene Nummer war, von der er nur hin und wieder leise Gerüchte gehört hatte.

Er zögerte noch einen Moment, schließlich nahm Spielberg ab. Er, der große Regisseur, den nicht nur die Cineasten der Welt vergötterten, meldete sich mit einem schüchternen »Yes, Sir!«.

Das Gespräch war kurz. Vor allem bestand es aus gegenseitigen Versicherungen, dass der Angerufene persönlich abgenommen und der Anrufer tatsächlich selbst zum Hörer gegriffen habe, außerdem, dass niemand zuhörte, was Spielberg glauben musste, aber bis zum Schluss nicht konnte.

Nach dem Auflegen saß er bewegungslos in seinem Bett und wartete darauf, wie aus einem schlechten Traum aufzuwachen. Aber er wachte nicht auf, der Anruf hatte wirklich stattgefunden.

Als er nach einer Stunde endlich wieder in der Lage war, seine Umgebung wahrzunehmen, war an Schlaf nicht mehr zu denken. Der Tag würde nun ganz anders verlaufen als gedacht und es gab viel zu tun. Zunächst klingelte er seine Assistentin aus dem Bett. Sie sollte die Termine für die kommenden drei Tage verlegen.

Die Limousine bestellte er selbst. Mit dem Fahrer verband ihn eine enge Freundschaft, er war sogar der Patenonkel der beiden Kinder. Das Ticket für ihn lag am Flughafen bereit. Die Maschine gen Osten hob planmäßig ab und bereits am frühen Abend saß er bei Clintons Stabschef Leon Panetta auf der Couch.

Er kannte sich gut aus im Weißen Haus. In Hollywood standen mehrere exakte Nachbildungen dieses wohl bekanntesten Gebäudes der Welt. Auch in das Original war er schon oft eingeladen worden. Den Raum, in dem sie jetzt saßen, kannte er jedoch nicht. Über den wurde selten gesprochen.

Panetta nahm sich Zeit. Zum einen verehrte er Spielberg viel zu sehr, als dass er die Gelegenheit ungenutzt lassen konnte, seinem Idol all die Fragen zu stellen, die ihn schon immer umgetrieben hatten. Zum anderen war das Thema zu wichtig. Zu lange hatten die Verhandlungen gedauert und zu bedeutend waren deren Ergebnisse für das Leben auf der Erde.

Als er endlich auf den Anlass der Einladung kam, hatte Spielberg Mühe zu glauben, was er hörte. Erst musste er lachen, dann war er sprachlos, schließlich reagierte er, wie wir stets reagieren, wenn etwas so Unerwartetes auf uns einströmt. Er verleugnete es. Und das konnte er gut. Er war der Experte für Illusionen und gerade solchen Menschen fällt es schwer, andere Wahrheiten als die eigenen zu akzeptieren. Doch Panetta war gut vorbereitet und ließ nicht locker. Er gab ihm Zeit, das Thema Stück für Stück sacken zu lassen, und er blieb hart in der Sache.

Nach einer langen Nacht mit vielen eindringlichen, aber auch manch lauten Worten, fanden sie am Ende doch zu einer Lösung. Spielberg durfte den Film drehen.

War es nun, weil Panetta ihn so bewunderte, oder wollte er nur verhindern, dass jemand anderes sich an dem Stoff versuchte. Einmal in der Welt, waren solchen Geschichten nicht mehr aufzuhalten, und im Unterschied zu Spielberg wusste er sehr wohl, auf wessen Tisch das Skript noch lag.

Spielberg waren die Beweggründe Panettas egal. Es war anzunehmen, dass er, wie alle berühmten Menschen, um die Wirkung seines Ruhms selbst auf die wirklich Wichtigen in der Welt wusste. Deshalb ging er davon aus, dass es die Bewunderung war, die ihn hatte triumphieren lassen. Doch der Sieg hatte seinen Preis. Panetta hatte nur unter Auflagen zugestimmt. Die schon verpflichtete Besetzung musste er auf möglichst unauffällige Art aus dem Cast entfernen. Umgehend sollte er die Legende für ihren freiwilligen Verzicht entwerfen, um sie dann über die Kanäle des Weißen Hauses in die Welt zu streuen. Die neue Besetzung Tommy Lee Jones und Will Smith war nach Panettas Meinung besser geeignet, dem Projekt einen humorvolleren Anstrich zu geben. So würden es alle als eine Komödie sehen und nicht mehr als das, was es ursprünglich einmal war: eine Dokumentation.

Am Ende waren beide mit dem Ergebnis zufrieden. Spielberg durfte den Film machen und Panetta wusste, dass er dem Land einen wichtigen Dienst erwiesen hatte. Dieses schwierige Thema lag nun in den Händen eines Großen, der verantwortungsvoll damit umgehen würde.

Es war nicht der erste Versuch, sich der Sache anzunehmen. Vor allem in den großen Städten kam es immer häufiger zu Begegnungen mit den nichtirdischen Gästen, und nur wenige von uns waren in der Lage, mit diesen Erlebnissen souverän umzugehen.

Die Übrigen dämmerten nach solch einer Sichtung vor sich hin. Aufs Schwerste traumatisiert, war für sie an geregelte Arbeit nicht mehr zu denken. Wer keinen Parkplatz in einer Behörde ergattern konnte, suchte besser in eher schlichten Berufen sein Auskommen. Eisverkäufer stand hoch im Kurs. Hier wurde eine gewisse Verrücktheit von allen erwartet und die Öffnungszeiten konnten willkürlich bestimmt werden. Sie ließen sich ganz unauffällig nach dem täglichen Befinden des Erschütterten ausrichten.

Wegen der Schlafstörungen, die häufig nach derartigen Erlebnissen auftraten, boten sich auch Tätigkeiten an, die schon früh am Morgen begannen. Zeitungen austragen ging gut. Dabei gab es noch den Vorteil, dass der Verstörte kaum auf andere Erdlinge traf. Ein reger Austausch über das Erlebte konnte so vermieden werden. Auch ein Lottoladen öffnete zeitig. Zudem waren hier die Kunden meist so tief in ihre Fantasien verstrickt, was sie denn mit dem vielen Geld täten, das sie ganz sicher gewinnen würden, dass sie die Eigenarten der Gestalt hinter dem Ladentisch nicht bemerkten.

So gab es eine ganze Reihe von Plätzen in unserer Gesellschaft, wo Betroffene unauffällig versorgt wurden. Aber ihr Leben war verwirkt. Nie wieder konnten sie sein, was sie einmal gewesen waren.

Problematisch gestaltete sich der Umgang mit jenen, die das Erlebte mit einer Art Kunst zu verarbeiten suchten. Dabei entstanden Ergüsse, die im besten Fall niemand verstand. Sie waren Ausdruck innerer Zwänge in einer Form, die der Erschütterte mal mehr, meist minder gut beherrschte. Doch keiner glaubte ihnen.

Glück hatten jene, die wenigstens zu bescheidenem Ruhm gelangten. Sie waren mit dem Geld, das es ihnen eintrug, in der Lage, den Schmerz des Nicht-erhört-Werdens zu betäuben.

Den meisten dieser armen Geschöpfe aber war dieser noble Weg versperrt. Nicht in der Lage, die nötigen Therapien zu bezahlen, mussten sie ihren Weg allein finden. Sie schlossen sich geheimen Sekten an oder fielen anderen Varianten von Verwirrtheit anheim.

Jeder von uns hat so jemanden im Freundeskreis. Sie leben unter uns und nur der ganz Ignorante kann für sich in Anspruch nehmen, noch nie einen gesehen zu haben.

Das alles wäre an sich noch nicht das Problem, wenn nicht die anderen kämen – die Besucher. Diese als Touristen getarnten Menschen, die unsere Stadt fluten und die Zahl der Begegnungen in ungeahnte Höhen schnellen lassen. Würden sie weiter den Kontakt zu uns meiden, wie sie es früher taten, bekämen sie ihr Wissen über das wahre Leben ausschließlich durch die Medien und die so lange bewährte Praxis der wohldosierten Desinformation könnte fortgeführt werden. Kritische Passagen in Livesendungen würden gestrichen, die Lücken mit Berichten von einer Kirmes in sonst wo oder auch direkt aus dem Bärenzwinger im Berliner Zoo gefüllt werden und alle glaubten weiter, die Menschen seien allein auf der Welt.

Aber was machen die Touristen? Sie kommen einfach her, und das leider immer öfter. Dank modernster Reiseführer ergründen sie selbst die schmuddeligste Ecke, den letzten kultigen Hinterhof und die unglaublichste pseudohistorische Fassade – nicht wissend, welchen gigantischen Schaden sie damit für das intergalaktische Zusammenleben anrichten.

Nirgends können sich die Ankommer noch sicher fühlen, weil ihnen die wenigen verbliebenen Zufluchtsorte genommen werden. Beinahe täglich kommt es zu Begegnungen zwischen Gästen und Touristen. Diese Begegnungen laufen stets nach dem gleichen Muster ab: erkennen, erschaudern, erstarren. Peinlich. Peinlich und gefährlich, denn wie sicher können wir sein, dass unsere Gäste das auf Dauer so stoisch ertragen? Das Kichern der Kinder, den entsetzten Blick des Familienvaters, das ängstliche Zurückzerren durch die Mutter.

Nach Jahrhunderten des friedlichen Ignorierens werden unsere Gäste nervös, fragen sich, ob sie noch bleiben können oder sich doch einen anderen Planeten suchen müssen.

Deshalb müssen wir endlich reagieren. Die einzig richtige Antwort auf diese Herausforderung lautet: anpassen und aufklären. Anpassen, um die einst deutliche Kluft zwischen den In-der-Stadt-groß-Gewordenen, und den irgendwann aus fremden Galaxien Zu-uns-Gekommenen, zu überbrücken. Erst, wenn es unmöglich ist, beide zu unterscheiden, wenn kein Tourist mehr den städtischen Inhabito vom Ankommer trennen kann, wenn beide unbehelligt nebeneinander in der U-Bahn stehen können, erst dann sind sie hier wieder sicher. Ein Blick in den morgendlichen Berufsverkehr beweist, hier sind wir auf einem guten Weg. Der Berliner Inhabito hat die Aufgabe der Anpassung an den nichtirdischen Ankommer konsequent angenommen.

Bleibt die Aufklärung. Und Aufklärung beginnt mit Wissen. Wissen um die Existenz und um die vielen möglichen Erscheinungsformen derer, die nicht von hier sind.

Aber keine Angst, nicht jeder, der auffällt, ist gleich ein Wesen von einem anderen Stern. Mancher ist lediglich ein aus seinem Dorf am Rande der Scholle menschlicher Bewohnbarkeit Zugereister, der sich in seinem Anpassungsprozess aus Versehen von einem nichtirdischen Wesen hat inspirieren lassen.

Nicht jeder, der des Nachts ohne Licht mit dem Bike quer über die größte Kreuzung in der City radelt, ist einer von denen, die eine Begegnung mit dem Tieflader abschütteln wie den galaktischen Staub einer Reise durch die Zeit. Immer wieder wird dabei auch gestorben. Immer wieder müssen wir unsere besten Männer raus auf die Straße schicken, um die traurigen Reste des vermeintlich Unfehlbaren von der Piste zu kratzen.

Auch ist nicht jeder, der einen der großen Gelben durch die Rushhour lenken darf, stumm, weil er der Artikulation, wie wir sie kennen, nicht mächtig ist. Es gibt durchaus Busfahrer, die sind einfach nur maulfaul. Bei den Kutschern sind es nicht so viele, wie man meinen könnte. Einige sind deutlich weniger weit gereist, um als Taxifahrer verkleidet jeden

Tag neue Ecken dieser wunderschönen Stadt zu entdecken.

Aber es gibt sie. Und es sind vor allem jene, die nicht ganz so augenscheinlich anders unterwegs sind. Es sind die Normalen, oder besser, die auf den ersten Blick Normalwirkenden, um die es lohnt, sich zu kümmern.

Für sie war der Film gedacht und für sie sollte auch dieses Buch gelesen werden. Sie müssen besser verstanden werden, damit sie auch in Zukunft hier leben können. Sie gehören dazu und so soll es bleiben, bis sie eines Tages wieder heimkehren auf ihren Planeten in den fernen Galaxien. Denn, und da bin ich mir ganz sicher, von hier können sie ja nicht sein.

Diffidos & Inhabitos

Zögernd glitten die ersten Strahlen der Sonne über die feuchten Dächer der historischen Mitte. Wie in einem bunt verteilten Teppich aus Murmeln spiegelten sie sich in den winzigen Tröpfchen des Taus der Nacht. Nur in den tiefen Höfen verbargen sich noch die letzten bläulichen Schatten. Gleich würde die Sonne höher steigen und auch diese verjagen. Der blaue Himmel kündete schon vom neuen Tag des viel zu warmen Spätsommers.

Inmitten des Morgens verschmolz eine junge Frau an einer lauten Hauptstraße mit der Fassade des alten Postfuhramtes. Sorgfältig sah sie sich um, bevor sie einen Schritt tat und verschwand. Trotz des tobenden Berufsverkehrs war niemand da, der ihre freche Stupsnase bemerkt, ihre langen blonden Haare bewundert hätte oder dem aufmerksamen Blick aus ihren stahlgrauen Augen begegnet wäre.

Sie trug eine enge Jacke in marineblau, die sie gegen den noch kühlen Wind schützte. Ihre schlanken Beine waren in einem schwarzen Rock versteckt, der artig bis unters Knie reichte. Die Schuhe hätten etwas höher sein können, ohne aufzufallen. Das perfekte Outfit für ein Vorstellungsgespräch, doch zu ordentlich gekleidet für diese Gegend, für diese Stadt.

Ein letztes Mal wanderte ihr Blick in die dunklen Ecken des alten Schuppens, verfolgte jede Bewegung der sich träge im Wind biegenden Halme des Unkrauts im historischen Pflaster. Die vielen Menschen, die einst den Hof belebt hatten, waren vor langer Zeit gestorben. Das Haus beherbergte nun ein Museum. Nachrichten verbreiteten sich heute auf anderen Pfaden. Unsichtbar. Lautlos.

Mit einem entschlossenen Ruck drehte sie sich schließlich um und suchte den Eingang. Ihre Hand berührte vorsichtig den dreckigen Knauf im Putz neben der Klinke und scheinbar schwerelos hob sich der verrostete Stahl der verborgenen Pforte, gab ihr den Weg frei. Sie machte einen leisen Schritt und war verschwunden.

So geräuschlos sich die Barriere für sie geöffnet hatte, so senkte sie sich auch wieder, verband sich mit der bröcklig anmutenden Wand, den Schein des auf ewig verschlossen Seins wahrend. Selbst der Taubenkot am Boden lag am alten Platz, jedem noch so misstrauischen Besucher bedeutend, dass diese Tür für ihn sicher verriegelt war.

Als sie wenige Sekunden später in den Spiegel im Aufzug sah, spürte sie, dass sie beobachtet wurde. Auf den ersten Blick war der Kabine nichts anzumerken, ein Lastenaufzug aus den 1930ern, verdreckt und voller Schrammen. Nur die winzige Öffnung oben in der Ecke verriet die Hightech der Neuzeit, nein, der Zukunft. Aber sie ließ es sich nicht anmerken und spielte weiter das naive Mädchen vom Lande, die Big-Data-Spezialistin, frisch promoviert von der FU Berlin. Denn obwohl ihre Legende sorgfältig ausgearbeitet war, einen wunden Punkt gab es immer. Eine Ungereimtheit, einen Widerspruch in den Unterlagen der Ämter, irgendetwas, das einen allzu pingeligen Faktenchecker misstrauisch machen könnte.

Sicher, er würde mehrere Stunden Recherche benötigen. Dann aber könnte er sie identifizieren als jene Frau, die vor einer Woche im Militärhafen von Saßnitz aus dem schwedischen U-Boot gestiegen war, um sich als russische Agentin auszugeben und politisches Asyl zu beantragen. Und genau diese Recherche galt es zu verhindern, indem sie den dafür notwendigen Verdacht schon im Keim erstickte.

Leider war ihre Flucht aus dem vorläufigen Polizeigewahrsam nicht so lautlos gelungen. In einer lokalen Wochenzeitung war eine Nachricht erschienen; eine kurze Notiz, zum Glück ohne Bild. Sie hätte dunkle Haare wählen sollen. So lang und so blond fiel einfach zu sehr auf – selbst im hohen Norden Deutschlands.

Erfreulicherweise hatte sich niemand die Mühe gemacht, in Schweden nach dem U-Boot zu fragen. Die Antwort hätte nur verstört.

Als die Türen ruckelnd und quietschend vor ihr aufgingen, wusste sie, was sie erwartete. Wie bei jedem Einsatz hatte sie auch diesmal ihre Hausaufgaben sorgfältig erledigt. Der Commander wusste, was er an ihr hatte. Sie würde gleich den Aufzug verlassen und mit einem überaus naiven Gesichtsausdruck das dritte Untergeschoss der Berliner Zentrale betreten, um die internen Ermittlungen ins Rollen zu bringen. Berlin war trotz aller strukturellen Inkonsistenzen ein Hub mit besten Voraussetzungen.

Der letzte Krieg hatte viele ungenutzte Keller und Tunnel zurückgelassen. Und der Bruch in den Transportmitteln, die Tram im Osten und die U-Bahn im Westen der Stadt, war gut zu umschiffen. Und doch hatte es in keiner anderen Stadt so viele Sichtungen gegeben.

Nur weil der typische Inhabito sich an keine Konventionen zu halten meinte, waren die Notfalleinsätze ausgeblieben. Aber das konnte sich schon morgen ändern. Bei der stark provinziell geprägten Einströmung von Neubürgern konnte das Klima von einem Tag auf den nächsten kippen und die latent vorhandene Kleinbürgerlichkeit wieder einmal die Oberhand gewinnen.

Das laute Pling der sich öffnenden Türen unterbrach ihre Gedanken – das Spiel begann!

***

»Hab ich's verpasst?« Martins vom Wind zerzauste Haare und die Stoppeln im Gesicht zeigten deutlich, er war wieder einmal spät dran. Der unsicher fragende Blick brachte Chris zum Lachen.

»Nein. Ich hab doch gesagt, erst gegen acht. Warte, ich lass dir einen Espresso bringen. Setz dich und entspann dich.«

Sie kannten sich seit mehr als zehn Jahren. Anfangs hatten sie nur gemeinsam gearbeitet, aber schon bald war eine Freundschaft zwischen ihnen entstanden. Die hatte sogar Martins Versetzung überstanden. Heute hatten sie es nach etlichen Anläufen endlich auf einen Kaffee im *Nemo* geschafft.

Das *Nemo* war ein auf mediterrane Küche spezialisiertes Lokal in Prenzlauer Berg. Etwas sonderbar in seinem Angebot, angesiedelt irgendwo zwischen Restaurant und Feinkostladen, bot es vor allem eines: viele Tische mit bequemen Stühlen, die zum Verweilen einluden. Ließ es die Witterung zu, gab es auch ein paar Plätze draußen vor dem Fenster zur großen Kreuzung. Chris ging hier ein und aus. Das stets aktuelle Exemplar der *Zeit* trug sogar seinen

Namen, er hatte sie hierher bestellt, damit er beim morgendlichen Kaffee darin lesen konnte.

»Soso, und hier verbringst du also deine Tage?«, nahm Martin mit scharfer Zunge den Faden wieder auf. Doch sein spöttischer Unterton wurde von einem liebevollen Blick begleitet.

»Na ja, nicht jeden Morgen. Aber so drei, vier Mal die Woche. Immer nach meiner großen Runde mit dem Rad.«

Augenblicklich verflog der Spott in Martins Stimme. Zu gut erinnerte er sich an das ernste Gespräch vor zwei Jahren. Nach einer schweren Krankheit hatten die Ärzte Chris vor die Wahl gestellt, entweder mehr Sport zu treiben oder den Rest seines Lebens unter den heftigen Nebenwirkungen der Medikamente zu leiden. Es ist erschreckend, wie sehr wir erst bedroht werden müssen, bis die Vernunft eine Chance bekommt, dachte Martin. Auch mit ihm waren schon ernstere Gespräche geführt worden, aber noch konnte er sich durchmogeln und so tun, als würde er ausreichend gesund leben.

Seine dunklen Gedanken wurden von dem dampfenden Kaffee unterbrochen, der plötzlich vor seiner Nase auftauchte. Als er hochsah, um sich zu bedanken, verlor sich sein Blick in zwei großen, blauen Augen. Deshalb also saß Chris jeden Morgen hier.

***

Laut hallten ihre Schritte durch das schwach beleuchtete Gewölbe. Dieser Teil der Anlage sollte möglichst verfallen aussehen. Wenn sich doch mal ein Hobbyhistoriker hierher verirrte, würde er genau das vorfinden, was alle erwarten: die vor langer Zeit aufgegebenen Betriebsräume des Postfuhramtes, der Zentrale des gesamten Briefwesens im einst übergroßen Großberlin.

Schnell passierte sie den damals ersten elektrisch angetriebenen Verdichter für eine Rohrpostanlage. Daneben der Raum für den mächtigen Tresor und am Ende der Saal für den Rechner. Zum Glück hatte niemand nachgefragt, warum eine langweilige Briefpoststelle in den 1950ern Derartiges gebraucht hatte. Der Mainframe-Computer gehörte schon zu den neuen Nutzern.

Langsam trat sie an die Wand mit dem großen Bild, das die Entwicklung des Postwesens erzählte. Ganz nebenbei zeigte es auch die Anfänge des Personenverkehrs in Deutschland von den ersten Kurieren bis hin zur Blütezeit der Eisenbahn. Man könnte meinen, der Maler hätte schon damals gewusst, was sich Jahre später hinter dem Bild einmal abspielen würde. Was hatte es sie an Kraft gekostet, den Inhabitos auszureden, dieses Wandbild mit ins

Technikmuseum zu nehmen. Der Abbau hätte sie gezwungen, praktisch über Nacht eine neue Bleibe in der Stadt zu suchen.

Sie legte ihre Hand auf den Kopf eines Kutschers im Berliner Stadtverkehr unten rechts und die bis eben nur gemalt wirkende Tür eines Kurswagens der Deutschen Reichsbahn öffnete sich.

Wie es in den Dossiers stand, betrat sie einen menschenleeren Raum. Sowohl die Plätze zur Überwachung der großen Kreuzungen als auch die Pulte zur direkten Zugsteuerung waren verwaist. Die Vorschrift bestimmte, dass die Warte Tag und Nacht mit mindestens zwei Personen besetzt zu sein hatte. Hier aber war niemand und genau darin lag das Problem. Keiner hielt sich an die Vorgaben, weil alle meinten, es besser zu wissen.

Langsam schritt sie durch die Reihen und ließ ihren Blick über die verstaubten Tische gleiten. Sie spürte die morbide Stimmung einer verlassenen Festung. Einst hatten hier zwanzig Controller gesessen. Tag und Nacht hatten sie überwacht, wer sich wo in der Stadt um ein möglichst unauffälliges Leben mühte. Aufmerksam hatten sie verfolgt, wenn ein Diffido, also ein allzu misstrauischer Inhabito, genau das gerade beobachtete. Mit bewährten Tricks hatten sie allzu aufdringliche Annäherungen aufgefangen, indem sie unsichtbare Türen öffneten, Wände entstehen ließen und, wenn es nicht anders zu verhindern war, einen Diffido gezielt verwirrten oder im schlimmsten Fall in eine andere, kleinere Stadt verbrachten. Die wichtigste Aufgabe aber bestand in der Absicherung der Transporte. Die Nichtwandelbaren mussten versorgt, vor allem aber die nur Wenigwandelbaren bewegt werden. Ständige Aufenthalte im Verborgenen für alle waren zu kostspielig, deshalb blieben die nur den ganz schwierigen Fällen vorbehalten. Diejenigen, die in ihrer Erscheinung wenigstens zeitweise dem allgemein akzeptierten Äußeren der Inhabitos nahe kommen konnten, mussten jedoch bewegt werden, damit sie nicht auffielen.

Natürlich fuhr ein Fornaxianer nicht einfach mit der U-Bahn zu seinem neuen Versteck. Der kleinere seiner beiden Köpfe ließ sich zwar gut zu einem Buckel auf dem Rücken verdrücken, aber es hatte in der Vergangenheit zu viele Unfälle gegeben. Der typische Inhabito Berlins wollte auch einer sehr sonderbar anmutenden Erscheinung helfen. Im besten Fall sprach er sie an, fragte nach dem Befinden und empfahl am Ende des etwas einseitigen Gespräches einen Arzt.

Diese netten Zeitgenossen mussten sie dann über Stunden beobachten, um herauszufinden, ob sie nicht vielleicht doch Verdacht geschöpft hatten.

Meist reichte in der Folge die Ablenkung mit einem in ihrem bescheidenen Leben ganz bedeutsamen Vorfall. Jemand lächelte sie auf der Straße an oder sie trafen unverhofft auf ein attraktives Exemplar passender geschlechtlicher Orientierung. Nur manchmal, in besonders schwierigen Fällen, brauchte es einen kleinen Unfall, in dem sie dann als Zeuge für den Kratzer im Lack eines alten Autos auftreten konnten. Spätestens dann sollte der sonderbar anmutende Fahrgast, den sie zuvor in der U-Bahn getroffen hatten, vergessen sein.

Doch das bedeutete jedes Mal sehr viel Arbeit und es war nie sicher, ob der Vorfall nicht doch noch aus dem Ruder lief. Einmal hatte eine selbst ernannte Therapeutin das Problem durch spontane Handauflegung beheben wollen. Ungefragt war sie von hinten an den Fornaxianer herangetreten und hatte den Buckel berührt. Schlimme Sache. Selbst durch die dicke Jacke hatte sie das deutliche Zucken der kleineren Nase gespürt. Es hatte Wochen gedauert, bis sie aufhörte zu schreien. Heute saß sie in einem verträumten Kaff in der Mecklenburger Seenplatte und bewachte die Schleuse zu einem stillgelegten Kanal.

Nein, das durfte nicht wieder vorkommen!

***

»Und sag mal, warum sind wir, mal abgesehen von ihr und ihrem verträumten Blick …«

»Ach, ist er dir aufgefallen?« Chris' spöttisches Grinsen provozierte Martin. »Ich wusste, dass sie dir gefällt. Und so, wie du sie angestarrt hast, weiß sie es jetzt auch.«

»Okay. Und warum sind wir hier?«

»Na, weißt du denn nicht, wo wir hier sind?«

»Klar weiß ich das! Aber bist du dir sicher, dass wir heute den Opener von Doktor Caligari mit Jane und Franzis nachspielen wollen?«

»Wie bitte?«

»Chris! *Das Cabinet des Dr. Caligari*, der legendäre Stummfilm! Sag bloß, du sitzt hier jeden Morgen und weißt nicht mal, dass der Platz hier so heißt. Ein wichtiger Meilenstein der Filmgeschichte! Gedreht in Weißensee und dort im Delphi uraufgeführt. Machst du jetzt den Zugereisten? Ich dachte, du bist Berliner.«

»Ach, du mit deiner Filmmacke! Wann war das? Warte, lass mich raten: 1926?«

»Zwanzig! Es war 1920!«

»Okay. Also 1920. Schon ein wenig her, oder?«

»Ja, aber …«

»Nichts aber, Komm ins Jetzt. Schau dich um, das ist das Leben!«

»Okay, Franzis. Dann eben nicht.«

Genervt schloss Chris die Augen und schüttelte den Kopf, aber Martin war noch nicht fertig.

»Und die schöne Frau nennen wir ab sofort Jane.«

»Wehe! Ich will auch morgen noch hier sitzen dürfen.«

»Kennst du den Film überhaupt?« Martin war zwar im Jetzt angekommen, aber Chris' Kopfschütteln nötigte ihn zu einem weiteren Ausflug in die Vergangenheit. »Hey, das war wirklich eine große Sache damals. Und hier ist es gewesen! Stell dir doch mal vor, dort drüber trafen sich die Größen jener Zeit zur Premiere. Kannst du sie nicht sehen, wie sie schick angezogen mit den Kutschen und Karossen vorfahren, einander die Hand geben, aufgeregt flüstern, weil es damals immer noch etwas ganz Neues war, so ein Film?«

»Martin, ich sehe sie. Aber die sind alle schon tot und die Leute heute sind mindestens genauso verrückt. Wollen wir uns nicht die mal ansehen?«

»Okay, aber nur, wenn du mir versprichst, dass du demnächst zu mir kommst. Ich besorge den Film und du kochst.«

***

»Guten Morgen! Nina Rzepka meldet sich zum Dienst.« Die Klinke noch in der Hand strahlte sie ihr hellstes Lächeln in die dunkle Buchte, die laut dem Schild an der Tür das Büro des Wachhabenden sein sollte. Unter normalen Umständen hätte man nun getrost das Licht ausschalten können. Niemand konnte ihrem Lächeln widerstehen. Männer schmolzen dahin und sogar Frauen sahen ihr hin und wieder sehnsüchtig nach.

Das kleine, hässliche Wesen hinter dem schier unüberwindbaren Berg an Papier aber konnte es. Der Kopf mit dem lichter werdenden, einst sicher mal dunklen Haar saß weiter an seinem Schreibtisch und ignorierte die soeben zu ihm herabgestiegene Lichtgestalt. Er schaute nicht auf, sondern wühlte weiter in der vor ihm liegenden Akte. Die war schon so vergilbt, dass der darin erfasste Diffido sicher schon längst tot oder zumindest so alt war, dass er sie nicht mehr entdecken konnte.

Einen winzigen Moment sah sie verwirrt auf ihren neuen Chef herab, betrachtete den von übermäßigen Rundungen gezeichneten Körper in den so schlecht sitzenden Klamotten aus den späten 70ern. Dann unternahm sie einen neuen Versuch der Kontaktaufnahme.

»Hallo, ich bin die neue Analystin. Ich soll heute hier anfangen.«

Nun musste sie ihn doch erreicht haben. Langsam hob er den Kopf und schaute sie an, dann öffneten sich die Lippen und er sagte … nichts! War die fehlende Reaktion auf ihr Lächeln schon überraschend gewesen und das Ignorieren ihrer freundlichen Begrüßung verwirrend, verschlug ihr das nun den Atem. Seine Lippen bewegten sich, aber sie konnte nichts hören. Oder nein, jetzt kam doch etwas.

»Herzlich willkommen in dem berühmten Hub of Berlin.« Dazu versuchte er sogar ein Lächeln! Dann folgte ein kurzer Ton, der sich anhörte, als wenn bei einem dieser Aufnahmegeräte mit Magnetbändern aus dem vorigen Jahrhundert schnell vorgespult wurde.

Was er sagte, war nicht zu verstehen, aber die Tonspur holte auf und zwei Sekunden später rastete sie mit einem gut hörbaren »Plopp« ein. Bild und Ton waren wieder synchron.

Ein Avatar! Ihr saß ein Avatar gegenüber. Ninas Gedanken überschlugen sich. Sollte sie schon jetzt die Tarnung fallen lassen oder erst mal mitspielen und so tun, als hätte sie es nicht bemerkt? Sie entschied sich für Letzteres. Erst einmal das Pokerface aufsetzen und weiter die Lage erkunden. »Das sind aber viele Plätze draußen in der Halle. Bin ich zu früh gekommen?«

Die Gestalt hob den Kopf und sah ihr einen Moment schweigend in die Augen, dann folgte die Antwort: »Nein, das sind Relikte aus einer alten Zeit. Heute machen wir das anders.« Bedächtig legte er die alte Akte aus der Hand, zog die ebenfalls aus einem längst vergangenen Jahrtausend stammende Schublade auf und drückte einen schon etwas abgenutzten Knopf darin. Augenblicklich verwandelte sich die Wand hinter ihm in einen vollflächigen Screen.

Überrascht sah Nina hoch und erkannte den Grundriss der Straßen Berlins. Allerdings war es kein gewöhnlicher Stadtplan. Sicher, man konnte die Stadt erkennen, die Häuser wurden dreidimensional gezeigt, die Straßen dazwischen grau angedeutet und die Parks, wenn auch nur blass, grün markiert. Aber nicht die großen Straßen waren farblich hervorgehoben, sondern andere Wege. Wege, die zum Teil quer durch die Gebäude gingen.

Sie brauchte einen Moment, bis sie verstand. Das waren ihre Wege. Gelb, im Sinne einer Hauptstraße, waren die U-Bahnschächte gezeichnet. Dabei gab es jedoch auch kurze rote Abschnitte, die schienen die gelben zu verbinden. Unwillkürlich machte sie einen Schritt darauf zu und beugte sich vor, um die Details besser sehen zu können.

»Ja, gehen Sie nur näher ran. Berlin ist definitiv ein eher chaotisches Nest. Und damit meine ich nicht die lustigen Vögel, die darin wohnen.« Der Avatar rollte mit seinem Stuhl etwas zur Seite und gab ihr die Wand frei. Jetzt war sie dicht genug dran, um es zu erkennen.

Die roten Pfade waren Schächte zwischen den Tunnels, Reste nicht fertiggestellter Bauten. Hier gab es Bereiche, die von den Inhabitos nicht genutzt wurden. Dann trat sie wieder einen Schritt zurück und ließ das gesamte Bild auf sich wirken. Die Strecken der Tram im Osten waren grün markiert. Besonders hervorgehoben war der Alexanderplatz. Hier konnte man wohl unbemerkt von einem Verkehrsmittel in das andere wechseln. Auch konnte sie diverse Rückzugsschächte für den Fall einer Konfrontation mit Diffidos erkennen.

»Und was bitte machen Sie hier anders? Warum sitzt keiner vor einem Plan und beobachtet den Verkehr?«

»Das brauchen wir nicht mehr. Wir verwenden Digitale Agenten, die überwachen alles, und wir beobachten nur noch die Überwachung. Das ist die schöne neue Welt.« Mit diesen Worten erhob sich der Avatar und trat zu ihr an den Screen.

»Außerdem wären es schlichtweg zu viele Vorgänge, die wir im Auge behalten müssten. In Berlin leben so viele von uns, dass die Halle niemals ausreichen würde.«

»Wollen Sie damit entschuldigen, dass es so viele Sichtungen gab?« Nina hatte verstanden, dass der Avatar, wer auch immer es wirklich sein mochte, genau wusste, dass sie keine gewöhnliche neue Mitarbeiterin war.

»Nein, das will ich nicht. Die Stadt könnte noch viel mehr Fremdlinge verkraften. Die Menschen hier lieben Verrückte.«

»Was ist dann das Problem? Warum gibt es so viel Begegnungen? Es ist doch trotzdem gefährlich, wenn wir auf die Inhabitos treffen.«

Der Avatar nickte zustimmend und ging noch einen Schritt zurück. Dann drehte er sich um und ging um den Schreibtisch herum und sagte: »Kommen Sie hierher und lassen Sie das Bild aus der Ferne auf sich wirken. Was sehen Sie?«

Nina machte ebenfalls drei Schritte rückwärts, wobei sie sehr darauf achten musste, nicht über einen der vielen Papierstapel auf dem Boden zu stolpern. »Keine Ahnung, was sehe ich?«

»Schauen Sie genau hin.«

***

»Okay Chris, ich schaue mir die Leute an. Was sehe ich?«

»Komm, ein bisschen mehr Engagement bitte.«

Chris schien wirklich zu schmollen. Er hatte schon eine Weile auf den gemeinsamen morgendlichen Kaffee im *Nemo* gedrängt und immer versprochen, es gäbe dort viele überraschende Dinge zu sehen. Also holte Martin tief Luft, lehnte sich zurück und sah sich um.

Die Menschen, die an ihnen vorbeiliefen, hatten es eilig. Nicht sehr spannend, schließlich saßen sie an einem Dienstagmorgen an einer wichtigen Kreuzung in einer großen Stadt. Natürlich hetzte man hier zur Arbeit. Keiner nahm dabei besondere Notiz von ihnen. Also was sollte das?

Er nahm noch einen Schluck Kaffee und atmete tief ein und dann wieder aus. Auch gut, die Woche würde sowieso verrückt werden, da konnte er einen ruhigen Morgen gut gebrauchen. Morgen die Reise nach München und am Freitag die Präsentation vor dem Abteilungsleiter. Drei Kollegen sollten ihm bis heute vierzehn Uhr zuarbeiten. Ob da etwas Verwendbares kam?

»Hey, du bist schon wieder weg. Bleib hier, es geht los.«

Chris hatte ihn unauffällig angestupst und in Richtung eines an ihnen vorbeigehenden Herren gedeutet.

Auf den ersten Blick war an ihm nichts Besonderes zu erkennen. Ein Mann in dem undefinierbaren Alter irgendwo zwischen Anfang fünfzig und Ende sechzig lief auf dem Fußweg an ihnen vorüber. Er schob dabei ein Fahrrad, das nur vom Rost zusammengehalten wurde. Auch die Klamotten, die er trug, waren ganz sicher nicht aus einer aktuellen Kollektion, aber das bedeutete bei Männern dieses Alters schon lange nichts mehr. Erst recht, wenn es zu Hause keine Frau gab, die darauf achtete. Also nichts, außer vielleicht, dass er etwas mehr Zeit zu haben schien.

Sobald der Mann außer Hörweite war, fing Chris an zu flüstern: »Hast du den gesehen?«

»Ja, aber …«

»Nein, hast du genau hingesehen? Die Tüte in dem Korb hinten am Fahrrad. Die hat er jeden Morgen dabei. Er geht in diese Richtung um die Ecke in die Ostseestraße. Und ist weg.«

»Chris! Der geht einkaufen. Das würde ich jetzt noch nicht sehr verdächtig nennen.«

Chris nickte und warf ihm einen verschwörerischen Blick zu. »Warte einen Moment, gleich kommt er zurück.«

Und wirklich, nur eine Minute später kam der Mann erneut. Schlenderte im gleichen entspannten Schritt an ihnen vorbei. Diesmal warf er ihnen einen aufmerksamen Blick zu. Martin fühlte sich geradezu ertappt. Hatte er sie doch gehört?

Sie schwiegen, bis er außer Hörweite war. Dann antwortete Martin: »Schräg, aber nicht so besonders, oder? Hier gibt es noch genug alte Häuser mit Wohnungen, die wenig kosten. Auch wenn dort drüben der hippe Prenzlauer Berg liegt, hier sitzen wir in Weißensee und das ist weder hipp noch interessant für die Coolen.«

»Martin, jeden Morgen kommt der Typ mit seinem Fahrrad hier vorbei. Jeden Morgen zur selben Zeit geht er einmal hin und dann wieder zurück. Nie hat er etwas eingekauft, nicht einmal wurde die Tüte in seinem Fahrradkorb bewegt. Ist doch sonderbar, oder?«

»Mmmh. Ja, der ist schräg. Aber ich dachte immer, wir wären nicht solche Spießer, die Andersartige verfolgen.« Sein Zwinkern nahm dem Vorwurf die Schärfe, und doch wussten beide, dass etwas dran war.

»Aber da sind noch andere Dinge. Schau mal dieses Motorrad dort. Eines Tages saß ich hier und trank meinen Kaffee, las in der *Zeit*. Dann hörte ich den Motor dieses Teils, wie es direkt auf mich zukam, und sah hoch. Ein Typ, Kerl wie ein Bär, saß drauf, in voller Montur, wie bei einem Rennen, aber ganz in schwarz. Er schaute mich an, als wollte er mir etwas bedeuten, dann stieg er ab und ging weg.«

»Chris, geht's dir gut? Ich nehme an, er hatte einen Helm auf. Konntest du überhaupt sehen, ob er dich ansah?«

»Ja, natürlich einen Helm! Und das Visier war getönt. Und nein, ich konnte seine Augen nicht sehen. Trotzdem, er sah mich an und ich hatte sogar das Gefühl, er würde mir zunicken, als wollte er mich grüßen. Aber dann, Martin, als er wegging nahm er weder den Helm ab noch sah er sich auch nur einmal noch nach seiner Maschine um. Und jetzt steht sie dort. Seit Wochen.«

Martin runzelte die Stirn. Musste er sich um seinen Freund Sorgen machen? »Na und? Kann doch sein, dass der jeden Morgen herkommt und die Maschine hier parkt. Nur an dem Tag hast du ihn erwischt, weil du etwas früher da warst oder er etwas zu spät kam.«

»Schau genau hin! Siehst du den Staub an den Rädern dort auf dem Fußweg, die Spur der Kehrmaschine, die hier, wenn überhaupt, einmal in der Woche vorbeikommt? Die Spur zeigt eindeutig, dass sie mindestens einmal um das Teil herumgekurvt ist. Wenn du aufstehen und näher herangehen würdest, könntest du sehen, dass es mindestens drei Spuren gibt. Der Typ ist hierhergefahren, hat die Maschine abgestellt und ist ohne Gepäck, ohne irgendwas weggegangen. Und nun steht sie hier schon mindestens vier Wochen.«

»Na, wie geht's heute?« Wie aus dem Nichts stand plötzlich die wunderschöne Herrin über den Kaffee neben ihnen.

»Uns geht's gut.«

Martin war noch ganz berauscht von ihrer Entdeckung und bemerkte daher Chris' warnenden Blick nicht.

»Mein Freund führt mir gerade vor, dass ihr hier im Kino sitzt und alles um uns herum nur Komparsen aus den 1930ern sind.« Die Woge seines überschwänglichen Lächelns traf jedoch auf eine harte Wand.

»Und ihr wollt Nachfahren des Alten Fritz sein? Ich dachte, hier gilt immer noch, dass keiner dem anderen was tue, denn hier muss ein jeder nach seiner Fasson glücklich werden.«

Martin wollte gerade aufbegehren, das Zitat war schließlich etwas anders gemeint gewesen, aber er sah den vielsagenden Blick des Freundes und blieb stumm.

***

»Sehen Sie das Loch im Nordosten? Die ganze Stadt ist durch ein dichtes Netz aus unterirdischen Verbindungen durchsetzt, nur hier fehlt etwas. Seit Jahrzehnten reden wir auf die Inhabitos ein, endlich diese bekloppte U-Bahn zu bauen. Nichts. Zweimal hatten wir sie so weit, dass sie wirklich anfingen. Beide Male haben sie aber wieder abgebrochen. Beim ersten Versuch kam der Krieg dazwischen. Gut, da hatten sie andere Sorgen. Aber in den 60ern? Ich glaube, da waren wir so nah dran.«

Nina erkannte das Loch in dem Netz aus gelben Linien. Jetzt, da er sie einmal darauf hingewiesen hatte, sprang es ihr ins Auge. Allerdings sah sie auch eine dicke grüne Linie an der Stelle entlanglaufen. »Aber die Tram ersetzt das doch. Warum ist das ein Problem?«

»Sie kann es nur bedingt ersetzen. Die Kapazität reicht nicht aus. Sich selbst schaffen die Inhabitos schon irgendwie zu bewegen. Gut, die Bahnen sind voll und auch gibt es immer wieder Probleme, wenn ein Zug ausfällt oder einfach stehen bleibt. Aber das läuft halbwegs, und mal ganz unter uns, die sind genügsam. Nur kriegen wir da keinen von unseren Zügen dazwischen. Auch werden die gern zickig, wenn die Haltestellen voll sind, nichts geht, und dann kommt einer von uns und die dürfen nicht einsteigen. Nicht schön.«

Nina stutzte erneut. »Und warum müssen wir am Tage fahren? Wir könnten unsere Züge doch abends oder in der Nacht da langschicken.«

»Oh nein, das geht gar nicht!«

Nina merkte, dass sie einen wunden Punkt berührt hatte. Wie ein Gummiball sprang der Avatar um den Schreibtisch herum und fuchtelte wild vor dem Screen mit den Armen. Seine Stimme wurde dabei immer lauter. Dass ein Avatar solch emotionale Auftritte überhaupt haben konnte, überraschte sie.

»Schauen Sie hier! Alle Strecken führen über den Alex. Dort können wir nur sehr langsam fahren!«

»Aber nachts? Wer ist dort schon?«, versuchte sie, den Wicht zu beruhigen. Doch das ging schief.

Erschrocken fuhr er zusammen und drehte sich zu ihr um. »Sie sind wirklich nicht von hier, oder?« Er schüttelte ehrlich entsetzt den Kopf und sah ihr scharf in die Augen.

Nina erbleichte. Jetzt war ihre Tarnung vollends aufgeflogen. »Nein, bin ich nicht. Aber was meinen Sie?«

»Nachts, Mädchen, sind da Heerscharen von Touristen unterwegs. Und ja, es ist ziemlich gefährlich, wenn wir am Tage Sichtungen durch die Inhabitos haben. Doch das ist nichts im Vergleich zu den

Begegnungen mit den Dorfies. Wenn einer von denen … Gott bewahre! Nein, dann fahren wir lieber am Tage und organisieren den Schutz mit Wandelbaren, die schon lange hier leben.«

Nina sah den Avatar aufmerksam an. Allmählich schien er sich zu beruhigen. Zumindest äußerlich hatte er den Normalmodus wieder erreicht. Sie gab ihm noch einen Moment, bis sie weiter nach den Methoden des Schutzes fragen wollte. Diese Art der aktiven Tarnung war ein innovativer Ansatz. In den anderen Städten wurde weiterhin auf passive Verfahren gesetzt. Sichtungen galten dort als Unfall und wurden streng vermieden.

Sie ging nun ebenfalls wieder ganz dicht an den Screen heran und betrachtete die Darstellung genau. Dabei bemerkte sie, dass es eine vollständig interaktive Karte war. Nicht nur, dass sich der Maßstab an den Stellen verzog, auf die sie ihre Aufmerksamkeit lenkte. Einer Lupe gleich sprang der Teil des Straßengewirrs, den sie ansah, hervor. Auch wurden innerhalb des fokussierten Bereiches deutlich mehr Einzelheiten dargestellt.

Da sie kein Viertel besonders gut kannte, schaute sie rein zufällig die Straßen in ihrer Augenhöhe entlang. Als sie die Namen las, musste sie schmunzeln. Osloer Straße. In Oslo hatte sie am vergangenen Wochenende ihr Äußeres geändert. Das kleine Hotel in Fornebu war dafür perfekt geeignet gewesen. Das Personal wechselte am Morgen und es war schon immer ein Ort, an dem sich niemand zu genau für die Gäste interessierte, solange sie das Zimmer vorab bezahlten.

In den Zeiten des kalten Krieges waren hier die Spione der unterschiedlichen Lager ein und aus gegangen, hatten sich manchmal sogar die Klinke in die Hand gegeben. Sicherlich hatten sich die Leute auf der Straße besser gekannt, als es den Oberen in den Hauptquartieren recht gewesen war.

Dann sah sie die Ecke zur Schwedenstraße – ein nordisches Viertel! Sie beugte sich noch etwas vor und war nun so dicht dran, dass ihre Nase den Screen fast berührte. Das Bild änderte sich erneut. Die eben noch nur als gelbe Linie dargestellte Hauptstraße hatte plötzlich zwei Fahrbahnen und in der Mitte war die Trasse der Straßenbahn zu erkennen. Es schien, als könne sie in das Geschehen dort hineinsehen. Winzig kleine Punkte bewegten sich scheinbar unkontrolliert hin und her.

»Und wie genau machen Sie das nun mit dem Schutz vor Sichtungen?«

»Wir haben Leute auf der Straße. An den Knotenpunkten haben wir Beobachter platziert, die darauf achten, dass niemand das Geschehen zu gründlich analysiert. Wobei das einfacher ist, als es auf den ersten Blick scheint. Der Berliner an sich interessiert sich nicht für das, was um ihn herum geschieht. Ich frage mich immer wieder, ob diese ostentativ zur Schau getragene Toleranz ihre Ursache nicht viel mehr in grenzenlosem Desinteresse an allem, was die Mitmenschen betrifft, hat.

Es ist unglaublich, manchmal testen wir aus, wie sehr wir die frisch Angekommenen überhaupt wandeln müssen. Wir sind immer wieder entsetzt, was die Inhabitos alles hinnehmen, ohne auch nur aufzuschauen.

Einmal ging einer mit zwei Köpfen durch die gesamte vorabendlich gefüllte U-Bahn. Wir ließen ihn am Alex in den ersten Wagen einsteigen, der Zug fuhr los, und am nächsten Bahnhof, also Klosterstraße, stieg er am Ende des Zuges aus. Was meinen Sie, wie viele der fast zweihundert Leute ihn bemerkt haben? Keiner! Lediglich ein paar Touristen schauten hoch, schüttelten den Kopf und sahen beflissentlich weg. Gut, bei einem Ehepaar aus Freiburg mussten wir hinterher die Frau wiederbeleben. Aber die hatte sicherlich eine Vorbelastung. Sonst sind die dort auch entspannter. Dachte ich zumindest.«

Nina hatte der Erzählung gelauscht, ohne sich das Geringste anmerken zu lassen. Mag die aktive Tarnung auch innovativ sein, mutwillig Sichtungen zu provozieren, war es nicht. Aber das würde sie in den Bericht schreiben, hier jetzt den Aufstand zu proben, half niemandem weiter.

Während sie noch darüber nachdachte, was sie als Nächstes fragen wollte, wandelte sich einer der winzigen Punkte vor ihren Augen in einen kleinen roten Kasten. Erst dachte sie, sich zu irren, und trat einen Schritt zurück, dann sah sie ihn aber auch in der größeren Darstellung. Nein, da gab es etwas Besonderes, etwas, das bis eben noch nicht dagewesen war. Ohne zu dem Avatar herüberzusehen fragte sie laut: »Sorry, was sehe ich hier?«

Er sah kurz auf und antwortete: »Das ist einer unserer morgendlichen Transporte. Die Leute am Alex werden zum Einsatz gebracht. Der Berufsverkehr ist gleich vorüber und da brauchen wir mehr Beobachter auf dem Platz.«

»Und warum ist der rot?«

»Gute Frage. Lassen Sie mich mal schauen.« Er ging einen Schritt auf den Screen zu, so dicht, dass er nun ebenfalls beinahe mit seiner Nase das Bild berührte. Dann trat er, ohne den Abstand zu vergrößern, einen Schritt zur Seite, dann noch einen und noch einen. Es war, als würde er einen bestimmten Weg prüfen. »Ah, hier haben wir das Problem.«

***

»Aber es ist doch recht laut hier, oder? In dem Lärm findest du Ruhe und sammelst Kraft für den Tag?« Mühsam versuchte Martin, die dunkle Wolke über ihren Köpfen zu vertreiben.

Chris schien dies nicht zu stören. Er lächelte und sagte: »Manchmal kann sie sehr direkt sein. Erstaunlich, sonst ist sie eine Seele von Mensch. Einmal jedoch habe ich gesehen, wie sie auf eine dieser komischen Gestalten losging, die hier auf- und abgehen. Erst dachte ich, sie wolle sich gegen einen Stalker wehren, aber dann merkte ich, dass sie ihm irgendwie den Weg wies. Als ob sie ihm sagte, wo er langgehen solle. Dann war er weg. Vielleicht war es auch die Grenze einer richterlichen Verfügung, an die sie ihn erinnert hat. Als ich sie darauf ansprach, bekam ich nur einen finsteren Blick zur Antwort. Tage später sagte sie noch, scheinbar völlig aus dem Zusammenhang gerissen, dass ich mich lieber nicht um fremder Leute Dinge kümmern solle.«

Einen Moment schwiegen sie. Martin sinnierte darüber, ob der Felsen ihnen noch einen Kaffee servieren würde.

Dann fuhr Chris plötzlich fort: »Ja, laut ist die Ecke. Das ist eben eine echte Stadtgrenze. Nicht die, die da draußen im Wald willkürlich gezogen wurde.

Nein, die echte. Die, wo einmal die Stadt zu Ende war.«

»Hier? Hier war nie eine Stadtgrenze. Erst war die Ecke weit draußen und dann sofort mittendrin.«

»Nein, nicht in dem Sinne. Ich meine den Hobrecht-Plan. Damals konnte man noch Pläne machen! Olle Hobrecht hat alle Straßen hier in der Gegend festgelegt. Also, natürlich hat er sich an den vorhandenen Wegen orientiert, aber das große Raster und die Aufteilung, die Parks …, das alles stammt von James Hobrecht, 1862.«

»Na siehst du, bist eben doch kein Zugercister.«

»Mann, hör auf, du weißt doch, dass wir in dritter Generation in der Stadt leben. Aber mal ehrlich, war das nicht krass? Der Typ hat einfach den Grundriss der Stadt gezeichnet, und das, obwohl die Gegend hier noch gar nicht dazugehörte – und zwar für weitere sechzig Jahre nicht! Der durfte aufmalen, wo wer ein Haus bauen sollte, wo welche Straße langging und wo die großen Kreuzungen hinkamen. Zum Beispiel die hier.«

»Stell dir das mal heute vor. Würde sich unser Bürgermeister anmaßen, auch nur einen Furz außerhalb der Stadt zu bestimmen, die Brandenburger würden Barrikaden errichten. Die neue Berliner Mauer, und zwar außen herum.«

»Ja, aber dadurch ist die Stadt so, wie sie ist. Es

gibt kein völlig überlastetes Zentrum, die großen Straßen haben genug Platz für einen Mittelstreifen. Ach, übrigens Mittelstreifen, sag mal, hast du schon mal drüber nachgedacht, wer die Grünflächen dort in der Mitte pflegt?«

»Was meinst du?«

»Na, das Grün zwischen den Fahrbahnen, wo auch die Gleise der Tram liegen.«

Martin sah hinüber auf die Straße. Inmitten des tobenden Verkehrs lag wirklich etwas Grün. Nicht viel, eine Art Einfassung der Straßenbahngleise. Bisher hatte er es noch nie wahrgenommen. Aber ja, so unwirtlich es auch war, dort wuchs Gras. »Tatsache, dort gibt es so etwas wie Rasen. Aber findest du, dass er besonders gepflegt aussieht?«

»Na ja, nicht sonderlich, aber ich sage dir, da wird was gemacht. Sonst würde gar nichts wachsen. Das habe ich im Frühjahr beobachtet. Wie aus dem All gebeamt standen dort eines Morgens drei dick eingepackte Gestalten und zupften Unkraut. Niemand nahm Notiz von ihnen und auch die Straßenbahn ist nicht etwa kurz gestoppt worden. Nein, ich hatte sogar den Eindruck, dass noch mehr Bahnen fuhren als sonst.«

»Bist du dir sicher? Wo sollen die denn gestanden haben? Der Streifen ist doch extrem schmal; ein Meter, vielleicht anderthalb.«

»Das ist es ja. Ich war völlig fasziniert, wie die da in aller Ruhe sich um die Pflege auch des letzten Grashälmchens kümmerten, während drum herum alles den normalen verrückten Gang nahm.«

»Und dann? Wie lange ging das?«

»Keine Ahnung. Die nette Dame, die du Jane getauft hast, kam. Es war das erste Mal, dass wir miteinander ins Gespräch kamen. An dem Tag einigten wir uns darauf, dass ich meine *Zeit* hierher liefern lasse. Es war auch das erste Mal, dass mir ihre wunderschönen blauen Augen aufgefallen sind. Als wir fertig waren und ich aus ihrem Bann trat, waren die Leute verschwunden. Na ja, so viel ist da auch nicht zu pflegen.«

»Aber schräg ist's schon, dass die das überhaupt machen, oder?«

***

»Der Captain hat wieder die Brücke besetzt.«

»Der Captain? Ich dachte, Sie sind hier der Chef?«

Der Avatar lachte kurz auf. Einen winzigen Moment schien er sich über ihren Einwand zu amüsieren, dann wurde sein Gesicht wieder ernst. »Nein, das ist ein Diffido. Den nennen wir nur so, weil der Laden, in dem er am Morgen manchmal sitzt, nach einem Schiff benannt ist.«

Nina verstand noch immer nicht, was gerade passierte, aber ihr wurde mehr und mehr bewusst, dass die Situation kritisch war. Sichtlich angespannt beobachtete der Avatar das Geschehen an der Wand. Der kleine rote Kasten hatte sich inzwischen bewegt. Der Transport fuhr, nachdem es an der Schwedenstraße ein Hindernis gegeben haben musste, vielleicht eine rote Ampel, die Osloer Straße in Richtung Osten. Er passierte die Koloniestraße und näherte sich einer blauen Linie. »Was verbirgt sich hinter dem blaugrauen Strich hier?«, wollte sie wissen, doch der Avatar war schon an einer ganz anderen Ecke.

Erst schien er sie nicht gehört zu haben, dann aber sah er doch unwirsch hoch. »Das ist nichts, ein winziges Rinnsal, das die hier aber so begeistert, dass ein ganzes Stadtviertel danach benannt wurde. Ich sag ja, komische Leute!«

Dann war er wieder weg, hoch konzentriert eingetaucht in das Geschehen vor seiner Nase. Einen kurzen Moment später kam erneut Bewegung in die Erscheinung. Er richtete sich auf und berührte die Karte mit dem Zeigefinger der rechten Hand und ein kleines graues Feld erschien direkt vor seinem Gesicht.

Er sprach mit so offiziell klingender Stimme darauf ein, dass auch Nina den Rücken durchdrückte und etwas aufrechter stand.

»Hier die Zentrale. Wir haben ein Problem mit der Visby! Ich wiederhole, die Visby braucht Hilfe!«

Das Feld schloss sich wieder und verschwand. Aber die Karte nahm nun eine andere Gestalt an. Sie zeigte nicht mehr die gesamte Stadt, sondern nur noch die Osloer Straße mit einem ebenfalls größer dargestellten, immer noch rot markierten Zug der Berliner Straßenbahn.

Der Avatar tippte kurz auf den Zug und schon öffnete sich ein separates Feld mit der genauen Angabe, wer an diesem Morgen darin saß. Ruhig ging er die einzelnen Personen durch und schüttelte kurz den Kopf. Dann sah er zu Nina und erklärte: »Zu gefährlich. Ich hatte gehofft, wir könnten ihn kurz zu einem normalen Zug umfirmieren. Aber das geht nicht, es sind heute zu viele Nichtwandelbare dabei. Zwei Köpfe in der U-Bahn würde nicht weiter auffallen, aber das schon. Wenn dann doch jemand einsteigt, gibt es Ärger.«

Nina überlegte kurz, ob sie laut fragen sollte, was genau schlimmer sein könne, als einen Ankommer mit zwei Köpfen durch die U-Bahn des Berliner Berufsverkehrs zu schicken. Aber sie spürte die Anspannung und hielt sich lieber zurück.

Der Avatar starrte weiter auf die Wand. Das Bild veränderte sich wie bei einem Navigationssystem, mit jedem Meter, die der Zug fuhr, verschob sich die dargestellte Straße unter der Bahn, mit jeder Kurve änderte sich die Ausrichtung der Karte.

»Und umleiten? Können wir den Zug nicht eine andere Strecke langfahren lassen?«

Wieder ein Kopfschütteln. »Nein, das ist die Ergänzung nach der Wende. Dort gibt es genau diese Strecke und sonst nichts. Erst an der Schönhauser könnten wir den Zug nach Norden abbiegen lassen. Aber dann fährt der raus nach Buchholz oder Rosenthal. Da haben wir nicht mal Leute! An der Endhaltestelle stehen die regulären Fahrer. Von denen wissen nur sehr wenige Bescheid. Nee, das geht nicht.«

»Und was machen wir jetzt?«

***

Jeder in seine Gedanken vertieft, schauten sie schweigend auf den fließenden Verkehr. Plötzlich tauchte der Fels vor ihnen auf und stellte ganz unvermittelt jedem einen neuen Kaffee hin. Verdutzt sah Martin hoch, um sich zu bedanken, aber sie hatte sich schon abgewandt und ging zum Nachbartisch. War ihr die schroffe Antwort von vorhin doch unangenehm und sie wollte die Stimmung wieder heben? Immer noch nachdenklich blickte er ihr einen Moment nach.

Wie wenig wir doch selbst von unseren engsten Mitmenschen wussten. Das machte Chris also fast jeden Morgen. Niemals würde Martin so etwas in seinen hektischen Ablauf vor dem Losrennen ins Büro einplanen können. Es hatte ihn viel Mühe gekostet, heute halbwegs pünktlich herzukommen. Andererseits würde eine so entspannende Routine auch ihm guttun, da war er sich sicher.

Schließlich war es Chris, der aus dem gemeinsamen Dösen auftauchte. »Aber auch sonst wird hier recht wenig gestorben.«

»Bitte?«

Chris lachte kurz auf, als ihm klar wurde, was er da eben gesagt hatte. »Na ja, ich meine, es gibt keine Unfälle.« Martin schaute noch immer verdutzt und so hob Chris zu einer längeren Erklärung an: »Schau auf den Verkehr. Vier große Straßen treffen sich. Eigentlich sind es sogar fünf, wenn du die Gustav-Adolf dazurechnest, und früher waren es sogar sieben! Die Prenzlauer geht genau auf die Autobahn zu. Die Leute sind gedanklich also schon so gut wie raus aus der Stadt. Und trotzdem? Nichts! Solange ich hier sitze, passierte noch kein Unfall. Und wenn du jetzt denkst, dass sich hier alle an die Regeln halten, nein. Ganz im Gegenteil.«

Martin zog die Augenbrauen hoch und schüttelte leicht den Kopf. »Chris, das ist doch überall in der

Stadt so. Kaum einer hält sich noch an die Verkehrs-regeln.«

»Ja, aber da geht es auch gern drunter und drüber, oder? Hier niemals. Keiner hupt, keiner drängelt, nie bleibt einer auf der Kreuzung stehen, weil die folgende Straße schon zugestaut ist. Alles läuft.«

Martin konnte ein Schmunzeln nicht unterdrücken. Wieder schüttelte er kaum sichtbar den Kopf, doch diesmal hatte Chris es gesehen und legte deshalb nach: »Du glaubst mir nicht? Dann dreh dich mal um. Siehst du den Vater dort auf dem Rad? Hinter ihm die beiden Kinder gehören dazu.«

Martin drehte sich um und sah sie. Ein Mann fuhr mit seinem Rad die Prenzlauer in Richtung Stadt. Ihm folgten zwei kleine Jungs, keine zehn Jahre alt, jeder auf seinem eigenen Kinderfahrrad. »Okay, die sehe ich. Und was nun?«

»Fällt dir was auf?«

»Nee, erstmal nicht. Wieso?«

Chris gab einen Laut von sich, der irgendwo zwischen Ungeduld und einem »Siehste!« angesiedelt war. »Martin! Die fahren auf der falschen Seite! Also entgegen der Fahrtrichtung! Und nun pass auf, was passiert.«

Jetzt sah Martin es auch. Gleich würden sie an die Stelle kommen, an der die Gustav-Adolf-Straße abbog. Jedes zweite Auto, das aus der Stadt kam, nahm diese Abzweigung nach Weißensee. Keiner der Autofahrer schien sonderlich aufmerksam nach dem Radweg zu schauen und erst recht nicht auf die, die aus der falschen Richtung kamen. Aber das störte die kleine Combo nicht.

Vater voran, fuhren sie in flottem Tempo auf die Straße zu. Martin hielt die Luft an und starrte auf das Geschehen. Einen Moment später verstand er seinen Freund, denn das hatte er in Berlin noch nie gesehen. Als der Vater die Einmündung erreichte, hielten die Autos einfach an – und das, ohne dass auch nur einer der Fahrer hupte! Selbst als der kleinere der beiden Jungen einen Moment zögerte und den Fuß auf den Boden setzte, blieben alle stehen und warteten geduldig, bis er sich endlich über die Straße getraut hatte. Es wirkte wie bei einer dieser Modelleisenbahnlandschaften, in denen alle Abläufe ferngesteuert waren.

»Das passiert mindestens alle fünf Minuten. Und das ist noch die einfachste Stelle. Manchmal fahren die auch quer über die große Straße – genau in dem Moment, wenn die Ampelphase allen Rot zeigt. Die müssen hier schon seit Jahren langfahren und deshalb genau die Schaltung kennen. Ist das nicht irre? Die Verkehrsregeln sind völlig außer Kraft gesetzt und trotzdem läuft es, weil alle aufeinander aufpassen.«

***

»Nein, das müssen wir mit den Leuten vor Ort lösen.« Der Avatar wirkte extrem konzentriert. Fast in sich gekehrt starrte er auf die Karte und lief die Strecke an der Wand erneut ab. An der Ecke zur Prenzlauer Allee blieb er stehen. Mehr zu sich als zu Nina sagte er: »Okay, also wen haben wir dort?« Er tippte mit dem Zeigefinger auf die Kreuzung und erneut erschien ein graues Feld. »Wen haben wir an der Ecke?«

Einen Moment wirkte es, als würde die Karte verschwinden, dann sah Nina, dass nur der unmittelbare Bereich verschwunden war, und dafür ein Satellitenbild einer großen Kreuzung Berlins auftauchte. Sie erkannte die Autos und Fahrräder, auch die Menschen, die über die Ampeln wuselten. Drei der vier großen Straßen hatten in der Mitte zwischen den Fahrbahnen Schienen. Nur ein Mittelstreifen war stattdessen ein großer Parkplatz.

»Darum geht's.« Der Avatar hob zu einer Erklärung an, ohne seinen Blick von dem Bild an der Wand zu lösen. »An dieser Ecke. Die Bahn kommt von hier und muss dann nach rechts in die Stadt oder nach links, also raus in die Pampa abbiegen. Es gibt noch einen Abzweig nach Weißensee, aber da wollen wir nicht hin.«

Nina erkannte nun auch die Schienen auf der Straße und damit die vorhandenen Möglichkeiten. »Und was ist das Problem? Warum können wir nicht einfach den Zug zum Alex fahren lassen?«

Der Avatar sah nun doch hoch und blickte ihr einen Moment lang stumm in die Augen. »Niemand fährt hier rechts herum. Warum auch immer, aber die Inhabitos nutzen diesen Abzweig nur in die andere Richtung. Das heißt, jeder Zug, der zum Alex fährt, ist von uns.«

***

»So, mein Lieber, so gern ich auch mit dir hier sitze, und ja, wir sollten es mal wieder tun, ich muss irgendwann im Büro aufschlagen. Heute muss noch eine Vorlage für den Vorstand fertig werden und …«

»Einen Moment noch. Gleich ist es so weit«, unterbrach ihn Chris.

»Was denn? Worauf genau warten wir?«

Chris sah sich einen Moment um, als würde er schauen, ob ihnen auch niemand zuhörte, was ihm einen Hauch von Verschwörung gab. »Kennst du dich mit den Linien der Tram aus?«

»Bitte?« Martin schaute seinen Freund verdutzt an. Wie gut kennen wir uns, schoss ihm spontan durch den Kopf.

»Na, die Straßenbahnen, weißt du, wo die langfahren?«

»Na ja, hier in dieser Gegend schon.«

»Okay, um die geht es.«

Chris kam mit seinem Stuhl etwas herangerutscht und saß so, dass er die Kreuzung im Rücken hatte. Er schaute Martin ernst ins Gesicht, als würde es um die Atomwaffen-Codes der Nato gehen. »Dort vorn, bitte schau nicht hin. Dort vorn fahren drei Linien lang, richtig?«

»Richtig.«

»Eine kommt vom Alex und zwei aus der anderen Richtung, richtig?«

»Richtig.«

»Die treffen sich hier und fahren dann alle drei in die Prenzlauer nach Norden, oder?«

»Ja, Chris, und das ist auch schon sehr lange so, soweit ich weiß. Worauf willst du hinaus?«

Chris machte eine bedeutsame Pause. Dann fuhr er flüsternd fort: »Manchmal aber fahren die auch anders.«

Martin sah ihm in die Augen und sagte nichts. In seinem Blick war eindeutig zu erkennen, wie sehr er sich sorgte. Dann sagte er ebenfalls flüsternd: »Chris, bitte sag mir, dass wir uns nicht hier getroffen haben, weil die BVG manchmal nach rechts statt links ab-biegt. Vielleicht muss auch mal eine Bahn in die Stadt gebracht werden, um dort eingesetzt zu wer-den. Kann doch sein, oder?«

»Na klar, kann sein. Aber stell dir vor, du stehst an einer Haltestelle und es kommt eine Linie, die es nicht gibt, was machst du?«

Martin schüttelte den Kopf. »Chris, da steht meistens was dran, wie Leerfahrt oder Betriebsfahrt oder was weiß ich. Darauf achte ich doch nicht.«

Chris nickte und sah noch einmal rüber zur Kreuzung. »Genau, wir ignorieren diese Bahnen. Und jetzt kommt's. Jeden Morgen biegt dort eine Bahn nach rechts ab und fährt Richtung Stadt.«

»Ja und?«

»Es sitzen Leute drin.«

»Bitte?«

»Ja, Martin! Jeden Morgen genau eine Bahn, und sie wird benutzt von jemandem, der, aus welchen Quellen auch immer, weiß, dass die überhaupt fährt und wohin. Und es sind keine Bahner, glaub mir. Man könnte ja denken, die bringen vielleicht die Fahrer zur Endhaltestelle oder was weiß ich, aber nein. Ich habe drauf geachtet. Mal mehr, mal weniger, und ganz unterschiedliche Leute. Teilweise richtig dicke, fast wie ein Krankentransport.«

»Wo fährt ein Krankentransport?«

Beide schreckten auf und sahen schuldbewusst wie zwei kleine Jungs, die nachts beim Fernsehen erwischt worden waren, hoch. Die Frau mit den blauen Augen stand auf einmal wieder vor ihnen. Zu ihrem verwirrenden Blick kam nun noch ein Lächeln, das jeden Mann in verwendbarem Alter einfing.

Chris schien die Welt schon verlassen zu haben, deshalb ergriff Martin das Wort und antwortete: »Wir diskutieren gerade, was man alles mit Straßenbahnen transportieren kann. Und da war das Thema Krankentransport unser letzter Gedanke.«

Sie lächelte ihn an und ihm wurde klar, wie schlecht sie seine Ausrede fand. Sie wusste Bescheid und er wusste, dass sie es wusste. Und doch waren sie sich einig, dass heute nicht der Tag sein würde, Chris einzuweihen. Vielleicht beim nächsten Mal. Vielleicht aber auch dann noch nicht.

Der Walker

Die Stadt Berlin hatte sich schon lange dem Rad-
verkehr verschrieben, als auch Piet, inzwischen
Mitte Dreißig, aus der Blechkiste ausstieg, um das Gefährt seiner Kindheit zu nutzen.

Jeden Morgen setzte er sich oben auf dem Berg
gen Prenzlau auf sein neues auf alt getrimmtes Hol-
landrad und rollte hinab in die City, um dann am
Abend die Allee gleichen Namens wieder hochzu-
fahren – für Berliner Verhältnisse: zu kraxeln.

Auf die lange versprochenen Radschnellwege würde er noch eine Weile warten müssen. Diese für Biker reservierten Pisten erzürnten den gemeinen Berliner, der lieber mit dem Auto unterwegs war, zu
sehr. Die Diskussion dazu in den Medien wurde von
Jahr zu Jahr heftiger, die Positionen radikaler.

Aber das störte Piet wenig, denn was bei all dem
Streit und den vielen Talkrunden, den Gutachten dafür und dagegen, was bei all dem Krach gern vergessen wurde, war, dass die Pisten längst existierten.
Keine groß in der Presse angekündigten Bahnen mit
grünem oder rotem Belag, eröffnet mit ernst oder
euphorisch dreinblickenden Banddurchschneidern
mittleren Ranges.

Nein. Es waren die kleinen Pfade durch die Wohngebiete, deren Bedeutung für den Autofahrer vollkommen nachrangig war. Der Biker aber wusste längst, durch welche Grünanlage er schneiden, über welchen Zebrastreifen er die großen Straßen kreuzen musste, um lange vor seinem noch in der Blechkiste stauenden Nachbarn im Büro zu sein.

So war es auch an diesem Morgen. Ein Mittwoch wie jeder andere, dachte Piet. Er ließ sich von der gen Alex immer dichter werdenden Karawane der Drahtesel mitreißen. Routiniert nahm er mit zig anderen die Schikane an der Alten Schönhauser rüber zur Linien. Die kaum benutzten Gleise der Straßenbahn in Kombination mit dem verstört dreinblickenden Gegenverkehr und den zur Erhöhung des Schwierigkeitsgrades installierten Pfosten sorgten hier für die morgendliche Spannung. Dass die aus der Linienstraße Kommenden Vorfahrt hatten, wurde dabei stets ignoriert. Nur absolute Newcomer schielten hier nach rechts oder hielten gar an.

Nach fünfunddreißig Metern am Schendelpark ging es rechts in die Max-Beer. Hier galt es, wieder in die Pedale zu treten. Dranbleiben war die Devise, um an den Einmündungen die Macht der Kolonne nutzen zu können. Welch Autofahrer, wenn er sich denn überhaupt in diese Ecke traute, würde einer derart entschlossenen Horde wilder Radler die Stirn bieten wollen? Keiner. Außerdem ging es auf die Münz zu. Hier musste ein letztes verbliebenes Nadelöhr passiert werden. Man war Nebenstraße, und die Autos fuhren ihrerseits dicht an dicht. An dieser Stelle, direkt am Alexanderplatz, waren die Autofahrer schon so genervt, dass einfaches Wegsehen und Draufhalten nicht genügten. Hier brauchte es mehr, um den steten Fluss zu queren.

Zwar gab es einen Zebrastreifen, aber den musste eben auch erstmal eine Mutter mit Kinderwagen betreten, um den Verkehr auf der Münz zu stoppen. War das gelungen, gab es kein Halten mehr. Von beiden Seiten strömten die Biker die Straße und wehe dem, der mit seinem Wagen im Weg stand.

So war es auch an diesem gewöhnlichen Mittwoch im Mai. Dichte Trauben ungeduldig wartender Biker standen auf beiden Seiten der Münzstraße bereit, als ein Mann in Piets Alter, eingehüllt in eine Jacke mit hohem Kragen, entschlossenen Schrittes die Fahrbahn betrat. Bremsen quietschten grell, Hupen tönten empört, entsetzte Blicke, geworfen in alle Richtungen, vor allem in seine – aber die Lawine erstarrte. Diesen Moment nutzen die Biker sofort. Wieselflink wie die Arbeiterinnen des Stamms einer afrikanischen Wanderameise stürmten sie die Piste.

Doch als Piet noch schnaufend von der langen Max-Beer in die Reichweite der Münz kam, gab es unter ihm plötzlich einen spitzen Knall. Das Tretlager meldete sich zu Wort. Die Pedale drehten ohne Widerstand durch und Piet musste aufpassen, nicht das Gleichgewicht zu verlieren.

Mit letztem Schwung rollte er nach rechts zum Bordstein und stieg ab. Einen leisen Fluch auf den Lippen griff er mit der Hand nach einer Pedale und drehte daran, um den Schaden zu betrachten. Gott sei Dank, die Kette war noch heil. Sie war nur vom Kranz gesprungen. Erleichtert richtete er sich wieder auf und sah sich um. Dabei bemerkte er, dass sich hinter ihm eine dichte Traube querungswilliger Radler angesammelt hatte.

Na gut, dachte Piet, wenn ich schon mal abgestiegen bin, kann ich auch die Mutti mit dem Kinderwagen geben und den Übergang zu Fuß nehmen. Mit diesen Gedanken im Kopf griff er nach dem Lenker und schob das Rad auf den Fußweg. Etwa drei Schritte vor dem Bordstein sah er hoch und blickte den Autos entgegen, wartete auf den ersten Anhalter, um hinübergehen zu können.

Noch bevor er den Fuß auf die Straße setzen konnte, sagte jemand leise: »Hier nicht, der ist besetzt!«

Piet schrak zusammen. Vielmehr als der Inhalt dieses nicht einmal besonders drohend ausgesprochenen Satzes war es die Stimme, die ihn überraschte.

Die Stimme kannte er. Er vermochte nicht sofort zu sagen woher, aber tief in seinem Inneren gingen die kleinen Männchen gerade in den Keller der Erinnerungen aus längst vergangenen Zeiten und begannen zu suchen. Er löste den Blick von den Autos, die inzwischen zum Stehen gekommen waren, sah nach rechts und antwortete: »Bitte?!«

Neben ihm stand der Mann, der eben noch auf dem Zebrastreifen den Verkehr geblockt hatte. Der erwiderte seinen Blick jedoch nicht, sondern starrte ununterbrochen auf die Autofahrer. Es war fast so, als würde er den ersten Fahrer mit seinem drohenden Blick fixieren wollen. Dann sagte er: »Los wir müssen. Sonst gibt's Ärger mit der Verkehrszentrale.«

Verwirrt folgte Piet der Anweisung und ging mit dem Mann gemeinsam über die Straße.

Auf der anderen Seite angekommen, meldeten die Grübelmännchen in seinem Kopf ein erstes Ergebnis. »Rick!«, rief er aus.

Ihm war der Name eingefallen. Also eigentlich Richard, aber sie hatten ihn während der Lehrzeit nur Rick genannt, weil er in der ersten Englischstunde, als er sich vorstellen sollte, über ein Rick nicht hinausgekommen war.

»Ja, du bist Rick!«, wiederholte Piet, als sein Gegenüber nicht reagierte.

Rick drehte sich endlich um und schien ihn das erste Mal richtig anzusehen. »Piet?« Verwunderung machte sich in seinem Gesicht breit. »Oh, Mann, das ist ja eine Ewigkeit her. Wie geht's?«

Piet lächelte. Nach fünfzehn Jahren den Namen sofort griffbereit. Da sollte noch mal jemand sagen, er hätte ein schlechtes Namensgedächtnis. »Gut geht's. Bin auf dem Weg ins Büro. Und du? Was machst du hier?«

»Ich bin schon bei der Arbeit«, antwortete Rick mit einem breiten Lächeln.

Piet stutzte. Er konnte beim besten Willen nicht erkennen, was Rick meinte. Rick hatte nie große Ambitionen zum Studium gezeigt. Sie hatten zwar gemeinsam Abitur gemacht, aber er war nicht wie Piet zur Uni gegangen. Das war das Letzte, woran er sich erinnern konnte. Dann hatten sie sich aus den Augen verloren.

Piet sah sich suchend um und erwiderte fragend: »Ja, aber was machst du?«

»Ich bin Walker.«

Piets Verwirrung wuchs. »Du bist einer von diesen Grill-Walkern aufm Alex?« Er sah Rick schon in dem Kostüm der Currywurstverkäufer, die den Grill vor dem Bauch trugen und sich so nannten. »Bist du einer von den echten oder sitzt du nur im Rollstuhl?« Vor Jahren hatte es zwischen den Walkern und den

Rollis einen regelrechten Krieg um die besten Plätze gegeben. Die Walker hatten den Rollis vorgeworfen, den Rollstuhl nur dabeizuhaben, um den schweren Grill nicht tragen zu müssen.

»Quatsch! Ich verkauf doch keine Currywürste, oder siehst du sowas hier?« Rick schien ernsthaft entrüstet. »Ich bin beim ADFC.« Jetzt lachte er und schüttelte den Kopf.

»ADFC? Was ist denn das?«

»Was – du fährst Rad und kennst den ADFC nicht?« Ricks Lachen wurde lauter.

Sofort erinnerte sich Piet, dass sie schon während ihrer Lehrzeit keine guten Freunde gewesen waren. Ricks spöttische Art hatte ihn damals schon wahnsinnig wütend gemacht. »Natürlich kenne ich den Fahrradklub. Aber was macht ein Walker beim ADFC?«

Ricks Lachen erstarb. Ernst blickte er ihm in die Augen. »Ich dachte, du wüsstest es. Aber trag es bitte nicht rum. Wir wollen nicht, dass es publik wird. Sonst gibt es wieder schlechte Presse. Okay?«

Piet runzelte die Stirn. Sicherlich nahm ihn Rick mal wieder auf den Arm, aber er nickte und war gespannt, was nun kommen würde.

»Also, wir nehmen uns die wichtigen Ecken in der Stadt vor. Wo die Fahrradpisten auf die Hauptstraßen treffen. Wie hier an der Münz. Die Nord-

Süd-Route ausm Prenzelberg ist hier Nebenstraße und das bremst die Radler aus. In der Vergangenheit gab's immer wieder Stress. Manchmal haben sich Biker sogar mit den Autofahrern geprügelt. Das gibt erst schlechte Presse, kann ich dir sagen. Deshalb dieser Zebrastreifen. Oder meinst du, hier würden so viele Fusis langgehen, dass der sich lohnt?«

Piet sagte nichts. Der entscheidende Link fehlte noch in seinem Kopf. Einen Moment dachte er nach, dann fragte er: »Und? Was machst du jetzt hier?«

»Na, ich bin der Walker zu dem Zebrastreifen. Wenn genug Räder dastehen, gehe ich rauf und stoppe so den Verkehr, damit die ohne Stress rüber können.«

Piet schloss kurz die Augen und schüttelte den Kopf. Jetzt war er sich sicher, dass Rick ihn auf den Arm nahm. »Quatsch! Dann würden die hier doch 'ne Ampel bauen.

Rick lachte auf. »Willst du mich verarschen? Der Berliner Radfahrer und Ampeln!« Er schüttelte den Kopf. »Wer, bitte, würde sich denn daran halten?« Dann tippte er noch mal mit dem Finger an die Stirn und fügte hinzu: »Ich muss wieder. Bis bald!«

Dabei drehte er sich um und ging erneut über den Zebrastreifen. Sobald die Autos standen, ergriffen etwa dreißig Radler die Chance und fuhren über die Münzstraße.

Drachen sind leider aus

W o wohnen deine Eltern noch mal?« Ben hatte sich zur Eingabe der Adresse nach vorn gebeugt und fummelte bereits im dritten Untermenu des Navis herum.

Marie schien das nicht zu kümmern. Abwesend sah sie aus dem Fenster und antwortete müde: »Zeig ich dir, du wirst es ja doch nicht finden.«

Mit einem Brummeln ließ er ab von seinem tollen Zauberkasten und wunderte sich still. Einen Ort innerhalb der Stadt, den er damit nicht finden würde? Aber was soll's.

Sie waren heute bei ihren Eltern zum Kaffee eingeladen, das erste Mal. Deshalb durfte sie auch sagen, wie sie dort hingelangten. Und sie hasste das kleine Ding, das er in der Mitte des Cockpits angeklebt hatte. Richtig wütend konnte sie werden, wenn er während der Fahrt daran spielte. Na gut. Heute also mal nicht.

Trotzdem wüsste er zu gern wenigstens in etwa die Richtung. Zumindest zum Losfahren wäre es hilfreich; rechts oder links abbiegen auf die Bornholmer? Fragend sah er zu ihr rüber: »Und? Wo geht's lang?«

Sie schreckte kurz auf und antwortete: »Nimm die Seestraße und dann auf den Stadtring.« Damit entglitt sie wieder. Ihr Blick wanderte aus dem Fenster und verlor sich im trägen Treiben der Straße. Endlich hatte der Frühling sich durchgesetzt, endlich strahlte die Sonne auch mal länger als nur ein paar Minuten am Tag. Auch die Linden am Straßenrand hatten sehnlichst darauf gewartet. Man konnte sehen, wie die Blätter von Stunde zu Stunde größer wurden.

Er startete, ohne ein weiteres Wort zu verlieren, den Motor und fuhr los. Als er an der Ampel zur Malmöer zu ihr hinübersah, bemerkte er, wie sehr ihre Sommersprossen leuchteten. Das passierte eigentlich nur, wenn sie aufgeregt war. Aber so richtig aufgeregt schien sie nicht gerade zu sein, eher apathisch, wie sie aus dem Fenster sah. War sie nervös?

»Hast du Bescheid gesagt, dass wir später kommen?«

»Nein, dafür ist es zu spät, und vielleicht schaffen wir es ja auch noch.« Ihre Antwort kam aus der Ferne ihrer Gedanken, ohne ihn eines weiteren Blickes zu würdigen.

Niemals, dachte er. Sie hatte beim Start mehr als eine Stunde verbummelt. Egal, wohin es jetzt ging, das war nicht mehr aufzuholen. Zum Glück lenkte ihn der Verkehr ab, denn eine Bemerkung dieser Art wäre jetzt kaum eine passende Wortmeldung gewesen. So fuhren sie eine Weile schweigend durch die Stadt.

Aber irgendwo tief drin in ihm, da juckte es doch. Und wenn es erstmal juckte, dann war da was und das musste raus! Bis zur Autobahn konnte er es zurückhalten, dann nicht mehr. So sagte er schließlich: »Hättest eine SMS schicken können.«

»Meine Eltern haben doch kein Handy!« Am Klang ihrer Stimme konnte er erkennen, sie war wirklich nervös. Und nun auch noch genervt.

Einen Moment verhakte sich das kleine Wort »doch« in seinem Kopf. Es passte nicht so recht in den Satz. Woher hätte er wissen sollen, dass ihre Eltern noch in der Mitte des zwanzigsten Jahrhunderts feststeckten? Nein, das wusste er nicht. Und das wiederum sollte sie wissen, denn bisher hatte sie ihm so gut wie nichts von ihnen erzählt.

Okay, es gab ein Haus im Nirgendwo, weit im Westen. Das stand auf einer Wiese am Waldrand. Dort hatte sie als Kind gern Butterblumen gepflückt und im Schatten einer alten Kastanie gelesen. Das war's. Manchmal sprach sie noch von Reisen in ferne Länder. Meist aber an Orte, die er noch nie gehört hatte.

Es war an einem der letzten warmen Wochenenden des vergangenen Jahres im *Birgit & Bier* geschehen. Liebe auf den ersten Blick, das klang immer so kitschig, wenn sie die Story erzählten. Und doch war es genau so passiert. Sie hatte sich im Trubel des angesagtesten Biergartens der Stadt mit einer ihm bis dahin unbekannten Dreistigkeit an der endlosen Schlange vorgedrängelt. Und ganz vorn, da stand er. Gerade als er Luft holen und drei Halbe ordern wollte, quatschte sie ihm dazwischen und war plötzlich dran. Völlig verdattert hatte er sie erst mal gewähren lassen. Als er dann endlich seine Gläser in der Hand hatte, war klar, die Frau musste er kennenlernen. Tja, und das war es.

Er sah zu ihr rüber und bemerkte nun auch die pochende Ader an ihrer Schläfe. Die kannte er! Und zwar länger, als er ihren lustigen Nachnamen kannte. So deutlich trat sie das erste Mal hervor, als sie in der Nacht bei ihm eingeschlafen war. Er hatte sie fest an sich gedrückt und ihre Nähe gespürt, wie noch nie zuvor. Ein Gedanke war ihm immer wieder durch den Kopf gespukt: Wie ein Teil von mir.

Damals war sie ihm so unendlich nah gewesen. Jetzt war sie es nicht. Sie saß noch nicht einmal mit ihm im Wagen. Aus der Ferne rief sie ihm die Worte zu, wollte ihr Fehlen im Hier und Jetzt verbergen, doch es misslang. Er aber wollte sie. Wollte sie in seinem Leben, und so versuchte er, sie in diesem Teil der Welt zu halten. Er unternahm einen erneuten

Versuch der Kontaktaufnahme: »Telefon? Ich meine anrufen?«

Mit einem tiefen Seufzer drehte sie sich um und sah ihm in die Augen. Nun war sie da. Doch war er sich sicher, dass er das wollte? Einen winzigen Moment noch konnte er ihr makelloses Gesicht bewundern, sich in ihren wunderschönen blauen Augen verlieren. Dann legte sie los und sagte mit fester Stimme: »Okay, Süßer. Meine Eltern sind etwas sonderbar, sagen wir besser altmodisch. Aber ich verstehe auch nicht alles in deinem Universum. Es wäre also das Beste, du nimmst es, wie es ist. Kannst du das?«

Verdutzt ob der schroffen Art, mit der die Antwort kam, gab er nur ein zustimmendes »Hm« von sich und sah wieder nach vorn.

Leise, fast flüsternd fügte sie hinzu: »Bei wichtigen Dingen schreiben wir Briefe. Sonst reden wir so.«

Einen Moment noch überlegte er, was sie wohl mit dem »reden wir so« gemeint haben könnte. Dann nahm ihn der Verkehr auf der Rudolf-Wissell-Brücke in Anspruch und die wirren Fragen in seinem Kopf verblassten allmählich.

»Nimm die Ausfahrt Kaiserdamm Süd. Oben fahren wir links auf die Heerstraße, hinter dem Bahnhof noch mal links.«

Nun sagte er nichts mehr. In diese Gegend verirrte er sich nie. Im Ostteil der Stadt groß geworden,
endete sein urbanes Interesse am Gleimtunnel. Sicher, er akzeptierte, dass der Rest zu seinem über alles geliebten Berlin noch irgendwie dazugehörte.
Aber das hier? Hier war doch gleich Potsdam, oder?

Als er dann, wie gewünscht, das zweite Mal links
abbog, wurde die Straße genau das, was er erwartet
hatte, pampaesk. Sie fuhren in einen Wald! Dass das
noch Teil der Stadt sein sollte, ein Hohn!

»So, und hier jetzt rechts«, riss sie ihn abrupt aus
seinem stummen Toddern.

»Hier? Hier ist gesperrt.«

Das Schild war überdeutlich und auch der quer
über den Weg liegende Baum ließ keinen Zweifel
aufkommen.

»Ja, mach schnell!«, blaffte sie ihn wie aus dem
Nichts an und drehte sich dabei ängstlich zur Hauptstraße um. »Das ist immer das Gleiche, aber wenn
wir hier durch sind, sieht uns niemand mehr.«

Verwirrt zwängte er den Wagen auf dem Radweg
an der Sperre vorbei. Dann gab er Gas, dass die Räder durchdrehten, und fuhr zügig in den Wald. Hinter der ersten Kurve beruhigte sich sein Puls etwas
und er sah zu ihr rüber. »Sag mal, dir ist schon klar,
dass das ziemlich doll verboten ist, oder? Die Jungs
vom Amt reagieren da echt zickig.«

Ein stummer Blick, flankiert von einem angedeuteten Kopfschütteln war alles, was sie ihm als Antwort zugestand. Doch anstatt ihn zu beruhigen, ging sein Puls wieder hoch. Um nicht vom Weg abzukommen, aber auch um sich zu beruhigen, sah er nach vorn und beeilte sich, außer Sichtweite der Hauptstraße zu kommen. Der Weg war kurvig und stieg leicht an. Der Regen der vergangenen Nacht hatte den Sand zu Schlamm werden lassen, sodass der Wagen hin und wieder ins Schlingern geriet.

Aber was machte er hier? Vor Jahren hatte er einmal, mehr aus Versehen, in einer Grünanlage geparkt. Beim nächtlichen Heimweg aus der Kneipe hatte er den Wagen einfach irgendwo abgestellt und nicht so genau auf die Schilder geachtet. Leider stand der hässliche Strauch, den er sonst nie wahrgenommen hatte, unter dem besonderen Schutz des Berliner Grünflächenamts. Nun war es seiner. Zumindest konnte er das, gemessen an der Höhe des darauffolgenden Strafzettels, ruhigen Gewissens behaupten. Nicht auszumalen, was das heute kosten würde, wenn sie jemand erwischte. Und warum? Sicher war es nur eine ihrer vielen geliebten Abkürzungen.

Gerade als er seinem Unmut Luft machen wollte, wandelte sich unvermittelt die Szenerie. Der Waldweg mündete in eine kleine Straße. Der Belag wechselte von schlammigem Sand zu altmodischem Kopfsteinpflaster. Am linken Rand tauchten sogar Laternen auf. Gut, die sahen aus, als würden sie noch mit Gas betrieben, und auch der Rest erinnerte ihn eher an eines dieser letzten verbliebenen Stückchen der ersten Reichsstraßen als an eine innerstädtische Allee. Aber immerhin gab es wieder Zeichen von Zivilisation. Unmerklich schüttelte er den Kopf und begann, sich zu entspannen. Das Thema mit dem Grünflächenamt war wohl durch, hier durfte er wieder fahren.

Immer noch stieg die Straße an, müssten sie nicht bald den Gipfel erreicht haben? Nach einer weiteren Kurve war es dann so weit. Doch was nun kam, war nicht etwa die Spitze des Berges. Die Straße endete stattdessen an einem alten Tor aus geschmiedetem Eisen.

Verdutzt nahm er das Gas weg und ließ den Wagen langsam darauf zurollen. Hier wollten sie also hin? Kaum zu glauben, doch es führte kein Weg an dem Tor vorbei. Rechts und links der Einfahrt schlossen sich hohe Mauern aus unregelmäßigen Feldsteinen an. Wer auf dieser Straße fuhr, wollte hierher.

Er war so fasziniert von dem, was er sah, dass er ganz vergaß, seine kleine Führerin auf dem Beifahrersitz zu fragen. So sah er auch nicht, dass sie ihn gerade aufmerksam beobachtete.

Von außen wirkte alles wie der Zugang zu einer Burg oder einem Schloss. Bedrohlich. Abweisend. Die Botschaft war klar: Wer hier nicht eingeladen war, der sollte lieber nicht klopfen. Sie mussten nicht klopfen. Das Tor öffnete sich von selbst genau in dem Moment, als Ben den Wagen zum Stehen bringen wollte. Langsam fuhr er hinein und folgte vorsichtig dem Weg, der sich hinter der Einfahrt in eine Allee aus alten Buchen verwandelte. Die weit ausladenden Kronen gaben einen fast feierlichen Rahmen. Als führe er durch einen Tunnel zur anderen Seite von etwas, das er zwar schon spürte, aber noch nicht sah.

Zwischen den dicken Stämmen konnte er kurz eine kleine Wiese an einem Hang erspähen. Mitten darauf stand ein Turm, dick und gedrungen, und doch so hoch, dass zwei Etagen darin sein mussten. Ein Wohnturm. Er wollte genauer hinsehen, doch seine Aufmerksamkeit wurde von dem Haus abgelenkt, das sie nun erreichten.

Das Haus wirkte auf den ersten Blick viel zu klein für das stattliche Anwesen. Es war kein Schloss, wie Ben es am Tor vermutet hatte, sondern ein zweistöckiges, aus Granitblöcken gemauertes Haus mit spitzem Dach. Aber es wirkte wohl kleiner, als es war, denn das schwere Schieferdach war weit hinunter ins Erdgeschoss gezogen. Die Zimmer oben waren sicher winzig, und doch hatte es einen Seitenflügel, dessen Giebel sich bis zum First zog. Dicker Wein rankte über das Mauerwerk und zeigte dabei das erste Grün.

Als er davor zum Stehen kam, ging die Tür auf und heraus kam ein älteres Paar. Das mussten Maries Eltern sein, endlich hatten sie es also geschafft. Mit Schwung langte er nach den Blumen und der Flasche französischen Weins auf der Rückbank, setzte sein bestes Sonntagslächeln auf und sprang aus dem Wagen.

»Maisie, main Engäl!«

Zuerst bemerkte er den Akzent. Dicht gefolgt von dem Fakt, dass der Vater nicht wirklich Marie gesagt hatte. Doch ein bedeutungsvoller Blick von ihr bereitete seinem Gedanken an eine Frage ein schnelles Ende. Er lächelte.

Und er beobachtete, was nun kam. Der Engel umarmte beide Eltern so innig, als hätten sie sich seit Monaten nicht gesehen. Dabei drangen Worte in sein Ohr, die er nicht im Geringsten verstand, irgendetwas zwischen Englisch und Deutsch, aber dann doch auch weder das eine noch das andere. Unsicher stand Ben daneben und betrachtete die drei, die erst einmal keinerlei Notiz von ihm nahmen.

Die Mutter hatte rotblonde Haare, die sehr lang sein mussten, denn sie waren aufwendig geflochten und zu einem ansehnlichen Dutt hochgesteckt. Jetzt war ihm auch klar, von wem Marie die liebevollen Augen hatte, die Ben gleich bei ihrer ersten Begegnung aufgefallen waren. Das Trachtenkleid, bestehend aus einem enganliegenden Mieder und weit ausgestelltem Rock, war grün-schwarz kariert und harmonierte perfekt mit der weißen Bluse, obwohl sie an den Armen etwas altmodisch aufgestellt wirkte. Der viereckige Ausschnitt erinnerte ihn irgendwie an einen dieser gerade sehr populären Historienfilme. Dass diese Mode inzwischen wieder angesagt sein sollte, verwunderte ihn allerdings, doch für solche Dinge interessierte er sich kaum.

Auch der Vater machte nicht den Eindruck, als würde er sich darum scheren, was der Rest der Welt trug. Seine Haare waren schwarz. Der stattliche Zopf lag auf dem Rücken und ruhte dort auf dem beinahe wie eine Uniformjacke wirkenden Jackett. Die weite Hose passte zur Jacke und zum Kleid der Frau. Überhaupt gehörten die drei so sehr zusammen, dass Ben sich fragte, was seine Rolle in dem Spiel war, warum er heute unbedingt mitfahren sollte.

»Guten Tag! Ich bin …«

»Und Sie sind also Benjamin!« Augenblicklich wich die Wärme aus den Augen des Vaters. Sie wich einer Strenge, die fast bedrohlich auf Ben wirkte.

Er versuchte, sein Lächeln zu halten und reichte ihm die Hand. »Ja, ich bin Ben. Ben Rappart. Guten Tag.«

Der feste Händedruck ließ ihn kurz verstummen. Hier war sofort klar, wer der Herr im Hause war. Einen winzigen Moment sahen sie sich in die Augen, dann gab der Vater die Hand wieder frei. Na, das konnte ja ein spannender Nachmittag werden! Die Mutter betrachtete ihn wenigstens neugierig.

»Kommt rein, wir haben den Kaffee schon fertig.«

Als er durch die Haustür trat, sah er erst einmal gar nichts. Nahezu blind, weil sich seine Augen noch an den dunklen Flur gewöhnen mussten, ging es vorbei an dem großen Dudelsack über dem Sideboard und auch an dem schottischen Zweihänder, der über ihren Köpfen an der Wand hing.

Er lief hinter Marie, und so konnte er nicht sehen, wie sie entsetzt die Brauen hob, als sie es erkannte. So oft hatte sie dem Vater gesagt, er solle das riesige Schwert wegräumen, wenn Besuch kam. Er wunderte sich nur, als sie sich mit nervösem Blick zu ihm umsah, um seine Aufmerksamkeit einzufangen. Aber das war unnötig. Er war vollauf damit beschäftigt, nicht über die schweren Teppiche zu stolpern, und so gelangten sie ohne Zwischenfälle ins Wohnzimmer.

Am Tisch wollte sie, dass er ihr gegenüber saß. Beim Hinsetzen bemerkte er, dass sie sich redlich darum bemühte, ihn von den Bildern mit den Schlachten an der Wand abzulenken. Er konnte sogar körperlich spüren, wie sich ihre Nervosität legte, als sie sah, dass er die Sluagh-ghairms, die den Kamin zierten, nicht versuchte zu entziffern. Sie wusste, dass er sich vor seinem Informatikstudium erst einmal drei Semester in Geschichte versucht hatte. Was sie nicht wusste, war, dass er solche Schlachtrufe nicht zum ersten Mal sah und ihm ein kurzer Blick darauf genügt hatte.

Die Mutter war schon im Flur zur Küche abgebogen und so saßen sie für einen Moment zu dritt am Tisch. Ein winziger Moment des Schweigens nur, und doch war Ben mehr als froh, als sie endlich mit dem Tablett kam und das Gespräch übernahm.

»Ich nehme doch an, Sie trinken Kaffee«, bemühte sie sich redlich, die Stille zu beenden, um dann mit deutlich strengerem Ton hinzuzufügen: »Unsere Tochter würde wohl nie jemanden akzeptieren, der ihr nicht morgens den Kaffee ans Bett bringt.«

Ben war verwirrt und wusste nicht recht, was er sagen sollte. Auf Hilfe hoffend warf er Marie einen flehenden Blick zu. Doch mehr als ein beschwichtigender Augenaufschlag war von ihr nicht zu bekommen. Diese Schlacht musste er allein bestehen und so lächelte er weiter sein bestes Sonntagslächeln. »Klar doch! Für mich Kaffee, bitte. Und ja, ohne Kaffee am Morgen ist sie quasi ungenießbar.«

Schon erntete er von ihr ein liebevolles Augenrollen. Sie waren angekommen. Er war angekommen. So verwunderten ihn auch nicht die sonderbaren Kekse aus Hafermehl, die deutlich besser schmeckten, als sie aussahen.

Das Gespräch drehte sich um ihre Bachelorarbeit, die sich immer länger hinzog, weil anscheinend der Betreuer auch nicht wusste, was genau er darin untersucht haben wollte. Sie ertrug die Vorwürfe der Eltern mit einer für ihre Verhältnisse stoischen Ruhe. Am Ende hätte selbst Ben beinahe geglaubt, der Betreuer und nicht die Vorliebe fürs Berliner Nachtleben wären der Grund für ihr langes Studium. Erst als der Vater anbot, den Professor anzurufen, spielte sie für einen kurzen Akt die beleidigte, weil ja schon so erwachsene Tochter und der Vorschlag war vom Tisch.

Als Ben den letzten Schluck Kaffee ausgetrunken hatte, stand die Mutter abrupt auf und sagte mit belegter Stimme: »Ach, Kind, ich wollte dir doch das Kleid für die Hochzeit deiner Cousine Rosie zeigen. Lass uns mal eben hochgehen.«

Marie schloss kurz die Augen, was Ben nicht sehen konnte, weil er auf die Mutter achtete. Dann schraubte sie sich mit einem gequälten »Okay« vom Stuhl hoch und folgte ihr zur Tür. Beim Hinausgehen dreht sie sich zu ihm um und sandte ihm einen sorgenvollen Blick zu. Der kam allerdings nicht an, denn Ben schien das aufkommende Problem nicht zu erahnen. Tiefenentspannt langte er nach einem weiteren Keks und sah nicht einmal in ihre Richtung.

Kaum dass die Schlafzimmertür ins Schloss fiel, ging es los. »Maisie, was bitte findest du denn an dem?«

Sie liebte es, wenn ihre Mutter ohne lange Vorrede zum Thema kam. Seit sie sich erinnern konnte, war es schon so. Dass sie es erst jetzt ansprach und nicht gleich unten am Tisch danach gefragte hatte, musste sie unendliche Mühe gekostet haben. Bereits beim ersten Hallo waren ihre Brauen in beeindruckende Höhen gewandert. So war Marie gut vorbereitet auf dieses zu einem Ritual gewordene Gespräch. »Mama!«

Beim ersten Mal, mit sechzehn, war sie noch an die Decke gegangen. Stundenlang hatten sie sich gefetzt, weil die Mutter ihre Begeisterung für ihren Banknachbarn in der Schule nicht akzeptieren wollte. Sie konnte es nicht verleugnen, auch sie war die Tochter ihrer Mutter und ihr Temperament würde locker für drei Kinder genügen. Diesmal jedoch gelang es ihr nur schwer, wenigstens ihrer Stimme einen vorwurfsvollen Klang zu verleihen. Sie setze sich aufs Bett und wartete auf den üblichen Schwall an Vorwürfen, der unweigerlich bevorstand. Doch es kam anders. Denn es kam nichts. Kein einziges Wort verließ die zu einem Strich gepressten Lippen der Mutter.

Marie sah zur ihr hoch, und als die trotzdem weiter schwieg, sagte sie in liebevollem Ton: »Müssen wir denn jedes Mal dieses Gespräch führen?«

Der Blick der Mutter wechselte zu einem neuen, ungewohnten Ausdruck. Sie macht sich ehrlich Sorgen, schoss es Marie durch den Kopf.

»Mama, was ist los? Geht es hier wirklich um Ben?«

»Nein, Kind, es geht um dich!«

Es gab Zeiten, da war der Ausdruck »Kind« ausreichend, um ihr Gemüt auf die Palme zu bringen. Die Zeiten waren vorüber. Sie sah ihrer Mutter in die Augen und nickte unmerklich. Dann sagte sie: »Okay, und was genau meinst du damit?«

»Seitdem du in die Stadt gezogen bist, sehen wir dich kaum noch. Du triffst dich mit ihnen und ich spüre, dass du mehr und mehr auch eine von ihnen sein willst. Du bist aber nicht wie sie!«

Als die beiden Frauen den Raum verlassen hatten, ließen sie zwei Männer zurück, die sich jenseits der einen Person, die soeben entschwunden war, erst einmal nichts zu sagen hatten. Also überlegte Ben, was er tun sollte. Frauen können in solchen Situationen sehr gut über unwichtige Dinge reden und auf diese Weise fast jede Peinlichkeit überbrücken. Männer können dies nicht. Männer neigen dazu, diese Momente eher auszukosten und dann Dritten gegenüber zu behaupten, der jeweils andere sage ja doch wenig.

Nach einer Weile der Leere erhob sich der Vater schwerfällig und ging auf den alten Sekretär zu, der Ben schon beim Reingehen aufgefallen war. Er hatte gestutzt, weil der, so wie er an der Tür platziert war, keinen Platz für einen Stuhl ließ. Wenn man daran arbeiten wollte, säße man im Weg. Der Vater öffnete die große Klappe und nun wurde ihm klar, dass darin die Bar versteckt war. So stand er genau richtig.

»Wie wäre es mit einem Whisky nach dem Süßkram?«, fragte der Vater und drehte sich mit einer dicken Flasche in der Hand zu Ben.

Ben war ebenfalls aufgestanden und zur Bar gekommen. Er stand direkt neben dem Vater und dachte für einen winzigen Moment, es könnte doch noch ein netter Abend werden. Dann antwortete er: »Kann ich auch einen Gin haben?«

Wie wenig doch manchmal den Unterschied ausmacht. War es bis eben kühl in dem Raum gewesen, wurde es nun eisig. Ein dunkler Blick durchbohrte ihn anstelle einer Antwort und er konnte spüren, wie mit jeder Sekunde des stummen Starrens seine Aktien fielen. Marie war weit weg und so musste er allein aus der Nummer herauskommen.

»Ein Whisky ist super!« Er versuchte ein Lächeln, was ihm leidlich gelang, und hielt dem Blick stand. Ein Nicken dazu, es zu bekräftigen, darauf bedacht, zu retten, was längst verloren. Im Stillen betete er um einen etwas weniger Torfigen. Vergebens. Fast sämig träge ergoss sich der braune Schluck in die Gläser.

»Mama!« Marie war aufgestanden und ans Fenster getreten, um hinaus in den Garten zu sehen. Auch wollte sie dem Blick der Mutter entfliehen, den sie jetzt in ihrem Nacken spürte. Trotz all der Diskussionen, die sie über die Jahre geführt hatten, liebte sie ihre Mutter und es schmerzte sie, wenn sie litt. »Ich lebe in der Stadt und ja, du hast recht, wenn du damit meinst, dass ich dort nicht jeden Nachmittag auf dem Hof mit dem Schwert üben kann. Aber ich kann mich auch nicht für immer hier im Wald verstecken. Und irgendwo muss ich doch leben!«

Nun setzte sich die Mutter aufs Bett. Sie stützte den Kopf in die Hände und schloss die Augen.

»Aber was sollte denn das mit dem Jungen? Warum bringst du ihn her? Was wolltest du wem damit beweisen?«

Marie antwortete, ohne sich vom Fenster abzuwenden: »Ich finde ihn süß und … er hat nach euch gefragt. Wir sind jetzt ein halbes Jahr zusammen, Mama. Jedes zweite Wochenende sitzen wir bei seinen Eltern am Tisch. Die nehmen mich auf, als würde ich zur Familie gehören. Ich glaube, ich wollte einfach zeigen, dass ich auch eine hab.«

Die Mutter stand auf und stellte sich neben Marie ans Fenster. Sie sah ebenfalls hinunter in den Garten. Ohne den Kopf zu wenden sagte sie: »Ihm oder dir?«

Marie stutzte kurz. Dann wandte sie den Kopf zur Mutter und fragte: »Was meinst du?« Die beiden Frauen waren etwa gleich groß, die drei Zentimeter, die Marie höher geraten war, trennten sie kaum. Näher konnten sich ihre Gesichter kaum sein.

»Willst du es ihm oder dir beweisen, dass du auch eine Familie hast?«

Sie konnte nicht glauben, dass ihre Mutter das aussprach. Die sah immer noch starr aus dem Fenster, sodass Marie sie von der Seite betrachten konnte. Jetzt, aus der Nähe, konnte sie die wenigen weißen Haare erkennen, die sich allmählich in den stattlichen Schopf mischten. Ihre Mutter war achtundvierzig Jahre, genau doppelt so alt wie sie. Sie war damals zum Vater in den Wald gezogen, hatte hier ihr Zuhause gefunden und seitdem kaum einen Schritt hinaus vor die Barriere gesetzt. Marie erinnerte sich noch, wie nervös die Mutter gewesen war, als es darum gegangen war, sie in der Schule anzumelden. Tagelang.

Genau doppelt so alt. Genauso alt, wie sie damals war, als Marie auf die Welt kam. Nie verlor der Vater darüber ein Wort, aber ein Mädchen! Ein Mädchen hatte es schon seit Generationen nicht mehr gegeben! In keinem Zweig der Familie. Die Hochzeit ihrer Cousine Rosie war nur ein Vorwand gewesen, sie nach oben zu lotsen. Es gab keine Cousine mehr. Hier gab es weder Onkel noch Tanten.

Wo aber sollte sie jemanden herbekommen? Wie sollte sie einen Mann in den Wald locken, ohne selbst hinauszugehen? Der Prinz auf dem weißen Pferd, von dem sie als kleines Mädchen ganz sicher wusste, dass er kommen würde, war bisher ausgeblieben. Nicht mal Spaziergänger verirrten sich vor das große Tor. Dafür war schon vor langer Zeit gesorgt worden.

Also hatte sie rausgemusst, um potenzielle Kandidaten erst einmal zu treffen! Was hatte der Vater für ein Theater gemacht, als sie beschloss zu studieren und dafür in die Stadt zu ziehen. Eine WG? Nein!

Es musste wenigstens eine eigene Wohnung sein! Sie war so alt, wie Mutter war, als sie kam. Darüber wurde nie gesprochen. Aber wann, wenn nicht jetzt, und wie, wenn nicht so?

»Ich glaube, er liebt mich. Nein, ich weiß es.« Bei den letzten Worten war ihre Stimme weich geworden.

Die Mutter nickte unmerklich. »Ja, das tut er. Das habe ich gesehen.«

Leise, mehr zu sich selbst als zur Mutter fügte Marie hinzu: »Er hält mich und doch lässt er mich sein, was ich bin.«

»Aber er weiß doch gar nicht, was du bist.« Auch die Mutter hatte ihre Stimme gedämpft.

»Er wird es verstehen.«

»Und wann willst du es ihm sagen?«

»Wenn er es heute nicht sieht, dann nie …«

»Slàinte mhath!«

Und er war so was von torfig. Ben gab sich Mühe, das Lächeln in seinem Gesicht einzufrieren. Stark war er.

»Natürlich Fass!«

Ben nickte. Er nahm einen winzigen Schluck und versuchte, ihn ohne Umwege durch seinen Rachen zu lenken. Ohne Erfolg. Was gab es dazu noch zu sagen? Was er an Gin mochte, war, dass der, gern auch mit einem guten Tonic gemischt, eben nicht derart im Hals brannte.

»Rauchen Sie?«

Ben schüttelte den Kopf. Auch wenn er jetzt endgültig gestorben war, hier war Schluss. Den Whisky würde er irgendwie schaffen, aber rauchen? Womöglich noch eine Zigarre, nein, das ging zu weit!

»Bleiben Sie dabei. Das ist wirklich ein Laster.« Das erste Mal blitzte in den Augen des Vaters die leise Andeutung eines Lächelns auf. »Wollen wir vor die Tür gehen? Hier drin darf ich schon lange nicht mehr.«

Ob es nun das Lächeln oder die Abendsonne war, jedenfalls fror Ben nicht mehr. Ein weiter Blick öffnete sich ihnen. In der Ferne konnten sie die Stadt sehen. Dass sie so weit gefahren waren, hatte er gar nicht bemerkt.

»Wo ist denn der Fernsehturm? Müssten wir den nicht von hier sehen können?«

»Nein, der ist auf der anderen Seite.«

Ben stutzte. Wie konnte es sein, wenn sie einerseits die Stadt sahen, andererseits aber nicht mittendrin standen? Er schüttelte stumm den Kopf und schwieg. Zu sehr genoss er die im Inneren aufsteigende Wärme. Mehr, als es ihn wirklich interessierte, wohin sie denn nun genau schauten und welche paar Häuser am Horizont zu entdecken waren. Wer weiß, vielleicht war es ja auch die Skyline von Potsdam, die sie dort in der Ferne sahen.

Dann fiel sein Blick auf den Wohnturm. »Darf ich fragen, warum Sie das Teil hier im Garten stehen haben?«

Der Vater nickte und sah ebenfalls hinüber zum Turm. »Es ist ein Relikt aus der Zeit, als es uns nicht so gut ging wie heute. Das, was Sie dort sehen, war unser erstes Heim hier, ganz am Anfang. Wir kamen nach den Clearances her und besaßen nur noch das, was wir am Leib trugen. Die Überfahrt und dann die Reise durchs Land von Hamburg waren so unendlich teuer, dass wir alles andere weggeben mussten.

Ich habe ihn aus Demut stehen lassen. Heute wohnen wir in diesem wunderschönen Haus. Wir sind angekommen. Aber wir dürfen niemals vergessen, wo wir hergekommen sind und mit wie wenig wir hier einmal angefangen haben.«

Ben nickte zustimmend, fragte dann, ohne den Blick von dem Turm zu lösen: »Die Clearances in Schottland?«

Noch in der alten Zeit versunken stand der Vater nur stumm neben ihm und sagte nichts. Ben wandte daraufhin den Kopf und hatte das erste Mal Gelegenheit, ihn länger zu betrachten. Er war schwer einzuschätzen. Die buschigen Augenbrauen schirmten die tiefsitzenden Augen gut ab. Sie wirkten dadurch noch dunkler, als sie sowieso schon waren. Die mächtige Nase dominierte das Gesicht und lenkte gleichzeitig den Blick von etwas deutlich Interessanterem ab. Die Wangen waren, wenn auch gut verheilt und von der Bräune der Haut perfekt getarnt, von zwei tiefen Narben gezeichnet. Ben musste genau hinsehen, dann war er sich sicher, es waren Zeugen ernster Meinungsverschiedenheiten.

Immer noch weit weg hob der Vater schließlich an und sagte: »Wenige haben es überlebt. Viele unserer Nachbarn, Freunde, ja, auch mein Bruder mit seiner Familie wurden direkt auf die Schiffe in die Neue Welt verfrachtet. Heute würde man es Deportation nennen. Damals hatten die feinen Lords sogar das Recht auf ihrer Seite. Anderen wies man winzige Parzellen öden Landes an der Küste zu.« Er schüttelte kurz den Kopf. »Bauern sollten fischen! Und glaub mir, wir reden über ein richtiges Meer, nicht so eine Badewanne wie das, was ihr Meer nennt. Dort brauchst du Mut, um in ein kleines Boot zu steigen, damit deine Kinder etwas zu essen bekommen. Mut oder eben pure Verzweiflung.«

Ben dachte darüber nach, wie lange es wohl immer dauerte, wirklich anzukommen. Aber er schwieg, denn er sah, dass der Vater noch längst nicht fertig war. Und nein, es wäre jetzt auch kein guter Einwand gewesen.

»Und das alles für ein paar blöde Schafe. Wo wir seit Generationen lebten, sollte plötzlich Wolle in riesigen Herden übers Land getrieben werden. Dafür vertrieben sie erst einmal uns.«

Ben sagte immer noch nichts. Er kannte die alten Legenden aus dem Leistungskurs zur Entstehung der europäischen Kultur im Abi. Nicht zuletzt war dieser Kurs der Grund für seinen ersten Anlauf an der Universität gewesen. Der hatte zwar nicht sehr lange gedauert, aber Kulturgeschichte war seine heimliche Leidenschaft geblieben. Leider eine, die schlecht bezahlt wurde. Gebannt sah er den Vater an und hoffte auf eine Fortsetzung.

Der Vater sah auf, als hätte er Bens Gedanken verstanden. Dann nickte er zustimmend. »Ja, wir haben es geschafft, sind auf ein Schiff gestiegen, dass zwar auch weg von der Insel, aber gen Osten fuhr. Wir wollten nach Berlin. Ich wusste von dem Edikt von Potsdam und dass es weiter in Kraft war. Kaum einen konnte ich überreden mitzukommen, und die, die mitkamen, hatten schnell vergessen, wer die Idee dazu hatte. Tja, und die anderen glaubten nicht, dass es hier in diesem komischen Land einen toleranten König geben konnte, der uns aufnehmen würde. Lieber gingen sie in die Neue Welt, dem damals einzig freien Land. So kam es, dass wir hier, weit draußen, im Nichts zwischen zwei Städten landeten.«

Ben stutzte und überlegte, was er dazu sagen sollte. Zu sehr spürte er noch immer die eisige Stimmung beim Thema Gin oder Whisky auf der Haut. Aber er konnte nicht anders. Er musste. Wenn es erst einmal in seinem Kopf aufploppte. »Das Edikt von Potsdam? Das war doch etliche Jahre früher, oder irre ich mich?«

»Nein, das stimmt«, gab der Vater zu. Nahm einen Schluck aus seinem Glas und sagte: »Mehr als hundert sogar, aber es galt. Keiner dieser engstirnigen Hüter der Paragrafen im alten Preußen sah sich in der Lage, es zu stoppen. Nach anfänglichen Problemen hatte es so viel Wohlstand in diese hinterletzte Provinz Europas gebracht, dass man meinen konnte, sie warteten nur darauf, dass wieder jemand irgendwo in der Welt vertrieben wurde, um ihn hierher zu locken. Das änderte sich ja später dann. Egal, wir durften rein.«

»Ich dachte immer, es richtete sich ganz gezielt an die wegen ihres Glaubens in Frankreich verfolgten Protestanten. Stand das nicht genau so auch in dem Edikt?«

Der Vater sah auf und blickte Ben scharf an. »Du bist gut informiert, Junge!« Ben wollte etwas entgegnen, doch der Vater stoppte ihn mit einer Handbewegung und fuhr fort: »Das hat die Deppen nachher nicht mehr interessiert. Und als wir erstmal hier waren, hat niemand gefragt, woher wir genau kamen. Was meinst du wohl, wie viele von diesen Conards damals wussten, wo Schottland überhaupt lag. Denen konnte man gut einreden, dass wir aus einer nördlichen Provinz kamen. Die meisten sprachen selbst hundert Jahre nach der ersten Welle noch schlechter deutsch als wir. Na ja, und die preußischen Beamten, die ließen sich leicht mit ein paar Talern überzeugen.« Der Vater lachte grimmig, als würde er genau jetzt wieder vor dem Beamten stehen, ihm ein kleines Säckchen mit Klimperlingen in die Hand drücken.

»Dann sind wir also beide jetzt hier, weil es mal einen schlauen König gab. Meine Familie gehörte zu den Conards, die damals in der zweiten Welle kamen.«

War es Verlegenheit oder immer noch die eben geäußerte Ablehnung, was Ben nun in den Augen des Vaters sah. Ben nickte noch einmal, als wolle er sich selbst zustimmen. Dann drehte er sich weg, um das schwierige Terrain zu verlassen. Eine Frage hatte er aber noch im Kopf. Er ließ den Blick zur Stadt wandern und sagte leise: »Ich habe gelernt, alle Berge hier sind aus dem Schutt des Krieges entstanden. Der hier ist also schon so alt?« Nachdenklich schaute er sich weiter um, ohne den Vater anzusehen und sein Schweigen zu beachten. »Ich dachte, das hier wäre der Teufelsberg und hier lägen zwei Drittel des Schutts der Stadt.«

»Natürlich sind die auch aus der Zeit. Aber hast du dich nie gefragt, warum es die Senke zum Drachenberg gibt? Das Haus stand schon da.«

Wieder nickte Ben, ohne auf den kritischen Blick des Vaters zu achten. Dann fügt er hinzu: »Marie hat nie erwähnt, dass ihre Familie aus den Highlands kommt.«

»Sie will von alldem nichts wissen. Meint, es sei schon so lange her, aber glaub mir, ihre Haare sind nicht zufällig rot.«

»Vater sieht schlecht aus.«

»Ja, das tut er. Aber ich kann reden und reden.«

»Geht er immer noch?«

»Jede Woche! Manche sogar zweimal! Aber soweit ich weiß, geht es inzwischen deutlich friedlicher zu. Zumindest kommt er stets unversehrt heim. Auch der Streit mit den Collins scheint endlich vom Tisch. Oder es taucht einfach keiner mehr von denen auf.«

»Übt er noch?«

»Jeden Morgen hinterm Haus. Ich tue so, als würde ich es nicht sehen. Und er tut so, als würde er es heimlich tun.«

Einen Moment schwiegen die beiden Frauen und dachten über das Gesagte nach. Beide liebten sie ihn auf ihre Weise. Und beide wussten, dass er sich nie in seiner Meinung umstimmen lassen würde. Die Traditionen waren zu wahren. Selbst jetzt. Gerade jetzt, da sie ihren eigentlichen Sinn verloren hatten. Marie schaute wieder hinaus.

»Es wird weniger.«

»Ich weiß.«

»Warum? Warum weißt du es?«

»Als ich damals hierher auf den Berg zog, kam es. Jeden Tag ein kleines Stück mehr und irgendwann gehörte ich dazu. Zu dem Berg, zu ihm, zu dem ganzen Theater drumherum.«

»Ich dachte immer, es kam meinetwegen.«

»Ja, das wollten alle glauben. Und ich vielleicht auch ein bisschen. Aber du kamst erst ein Jahr später. Ich habe sie in dem Glauben gelassen. Warum sie enttäuschen? Bedenke, ich, ein kleines Ding aus dem sonst so fleißig ignorierten Berlin. Meine Eltern wohnten damals schon im Heim, ich wurde also quasi als Waise in die heilige Familie aufgenommen. Was meinst du wohl, was ich Angst hatte, sie könnten mich nicht akzeptieren, nicht als eine der ihren sehen. Wie lange hätte dein Vater dem Konflikt wohl standgehalten? Und erst recht, als klar wurde, dass er seine Unsterblichkeit verloren hatte. Nur du hast uns den Zauber bewahrt. Dein Leuchten war das Licht in der Dunkelheit.«

Das Lächeln in den Augen der Mutter umarmte Marie. »Aber das war es nicht. Es ist der Ort. Nicht wir sind das Magische. Nein, wir sind nur das Medium. Und so, wie es bei mir kam, kann es, nein muss es auch bei dir wieder gehen können.« Nun endlich wandte die Mutter den Kopf und sah Marie in die Augen. Ihre Blicke verhakten sich und für einen unendlich langen Wimpernschlag sprachen sie miteinander, ohne dass auch nur ein Wort ihre Lippen verließ.

»Und dann geht alles wieder weg? Ich meine, von alldem bleibt nichts zurück?«

»Nein. Es bleiben die Erinnerungen, die Dinge, die du gesehen hast, die du fühlen konntest. All das bleibt in deinem Herzen, in deinem Kopf. Und es kommen Erfahrungen hinzu. Aber das weißt du längst, oder? So, wie du ihn angesehen hast vorhin, ist es schon da.«

Marie brach den Blickkontakt ab. »Wie hat er's aufgenommen?«

»Überraschend gut. Richtig gestrahlt hat er. Ich glaube, er träumt immer noch von der Fortsetzung der Linie.«

»Aber er ist doch keiner von uns! Ich hatte dich doch im letzten Brief gebeten, es ihm zu sagen.«

»Nein, der ist nicht angekommen. Wann hast du ihn geschickt?«

»Oh! Vater weiß es noch nicht?« Sie erblasste.

»Dann wird er ihm den ganzen Quatsch mit der Prüfung erzählen. O Gott, Mama, er wird ihn vergraulen.«

Ben stand noch immer an der Balustrade, mit dem Rücken zum Haus und zum Vater. Schweigend trat der vor, stellte sich neben ihn und sah ebenfalls in die Ferne. Dann sage er ganz leise, aber mit Nachdruck: »Sie ist mein Ein und Alles.«

Ben ließ den Satz einen Moment durch den Raum gleiten, bis er ebenfalls flüsternd erwiderte: »Ich weiß.« Auch diesen Worten folgte ein Moment der Stille. Und da der Vater weiter schwieg, fügte er hinzu: »Ich liebe sie. Jeden Morgen, wenn ich aufwache, muss ich mich vergewissern, dass sie noch da ist. Ich schaue zu ihr rüber und kann nicht glauben, dass das Wunder mehr als ein verrückter Traum ist und …«

Das war nicht das, was der Vater hören wollte. Mit fester Stimme unterbrach er ihn: »Wenn du ihr wehtust, Bübchen, bringe ich dich um!«

Ben schluckte. Tief im Inneren spürte er, dass der Vater meinte, was er gerade sagte. Tapfer hielt er sich am Geländer fest und schaffte es irgendwie, dem Vater in die Augen zu sehen. Nach einer Weile antwortete er überraschend ruhig: »Nun denn …«

»Ich werde jeden herausfordern, der ihr wehtut.«

Ben hatte seine Fassung zurück. Zwar überschlugen sich seine Gedanken, weil er plötzlich verstanden hatte, wer oder was ihm gegenüberstand. Doch er wollte Marie und er wusste, das ging nur, wenn er diese Prüfung hier bestand. Stumm nickte er, um dann zu sagen: »Ich auch.«

Immer noch sahen sie sich fest in die Augen. Dann wurde der Blick des Vaters weicher und Ben fragte sich, ob er den Test nun endlich hinter sich hatte. Welch törichter Gedanke!

Der Vater wandte sich ab und sagte: »Dir ist doch klar, dass du dich erst noch als würdig erweisen musst, oder?«

Ben zog die Stirn in Falten, was der Vater aber nicht sah. Und als keine Erklärung kam, fragte er vorsichtig: »Als würdig? Wie meinen Sie das?«

»Ja, das ist die Frage. Es wird immer schwerer, passende Aufgaben zu finden.« Er schien ernsthaft nachzudenken, nach einem Beispiel zu suchen. Dann fuhr er leise flüsternd fort: »Etwas muss sein, aber die Drachen sind ja leider aus.«

Das Timing war perfekt. Als Marie auf die Terrasse stürmte, hatte Ben gerade seine Schnappatmung überwunden und sah nur noch etwas blass aus. Viel hätte nicht gefehlt und er wäre in schallendes Gelächter ausgebrochen, was sicherlich nicht sonderlich hilfreich gewesen wäre. Benommen stimmte er ihr zu, als sie vorschlug aufzubrechen. Es war Zeit. Er schüttelte Hände, torkelte die Stufen hinab, fiel zum Glück nicht.

Auf dem Weg zum Auto holte die Mutter sie ein und nahm ihn beiseite, während Marie schon einstieg. »Sie kennen doch die Sage, oder? Aber wir sind nur eine Seitenlinie. Dass es nur einen geben kann, haben wir lange aufgegeben.«

Ben nickte stumm und stieg in den Wagen.

»Was hat sie gesagt?«

»Ach, nichts Besonderes. Lass uns fahren.«

Das Tor ging auf, gab den Weg frei, hinaus in die wahre Welt. Doch er fuhr nicht hindurch. Er zögerte. Die Welt um ihn herum gefror. Schließlich gab er sich einen Ruck, stellte den Motor ab, öffnete ganz langsam die Tür und stieg aus. Marie schloss die Augen und schüttelte leise den Kopf.

Ruhigen Schrittes ging er den Weg zurück zum Haus, wo der Vater auf der obersten Stufe der Treppe geduldig wartete. Als er noch etwa zehn Meter von ihm entfernt war, spürt er ein Jucken am Nacken und langte mit der rechten Hand danach. Es sah aus, als würde er sein Langschwert aus dem Halfter auf dem Rücken ziehen wollen. Die Frauen fuhren mit einem stummen Aufschrei zusammen, erstarrten vor Schreck, zu weit entfernt, eingreifen zu können. Was sie nicht sehen konnten, war, dass Ben längst begonnen hatte, mit dem Vater zu sprechen. Tonlos, wie es nur hier und nur wenigen gelang.

»Toleranz! Ihr durftet kommen, weil sie tolerant waren. Zu uns. Toleranz, die dem Kommenden einzufordern nur möglich ist, so er sie gleichermaßen aufbringt. Gegenüber denen, die schon da sind, weil sie vorher kamen.

Ich werde mich jedem Drachen stellen, den du wählst. Werde bei dir um ihre Hand anhalten. Dann aber werden wir so leben, wie wir es wollen – in dieser Stadt dort. Und ja, ich werde gegen jedermann antreten, der ihr verwehrt, glücklich zu sein, der ihr wehtut. Jedermann – auch gegen dich! Denn wer weiß, vielleicht bist der Drache ja du.«

Wenn du es nicht siehst ...

Bevor Ulf die Klinke berührte, spürte er vor allem eines: Enttäuschung. Enttäuschung und vielleicht etwas von dem, was man fühlt, wenn man bei einer Party schon in der ersten Sekunde, also genau dann, wenn einem der Gastgeber die Tür öffnet, merkt, dass man lieber hätte nicht kommen sollen.

Er konnte nicht sagen, warum er tief in seinem Inneren bei dem Geschäft auf etwas Besonderes gehofft hatte, und doch war er enttäuscht. Es war, was es war – ein gewöhnlicher Laden im Erdgeschoss eines Berliner Mietshauses an einer sehr großen Straße.

Ulfs Blick wanderte durch die Auslagen, eine beliebig dröge Kollektion aus Haushaltswaren wie Schüsseln, Eimern und Besen, die eher verzweifelt vorrübergehende Passanten hereinzulocken versuchte. Wobei Ulf das Gefühl beschlich, dass genau das eben nicht das Ziel war. Die Besen standen so, dass sie beim Eintreten den Weg versperrten. Die Schrubber hingen nicht etwa an einem Regal, sondern standen lieblos auf dem Boden. Sie waren so schmutzig, dass sie erst gereinigt werden müssten, bevor sie zum Putzen zu gebrauchen wären. Die Lappen verteilten sich auf einer Pappwand, die verhinderte, dass der Laden von der Straße aus einzusehen war. Zudem waren sie so alt, dass Ulf sich nie trauen würde, sie zu berühren. Sie wirkten so fragil, als würden sie sofort zerfallen.

Schließlich überwand er sich aber doch, drückte die klapprige Klinke herunter und öffnete die Tür.

Während Ulfs Augen sich noch an die schummerige Beleuchtung gewöhnten, absolvierte er den Parcours um die Besen herum. Dabei entdeckte er dicht an der Tür einen Ladentisch, hinter dem ihn ein Verkäufer ohne erkennbare Reaktion musterte. Sein freundliches »Guten Abend« wurde ebenso ignoriert, wie sein deutliches Nicken.

Berlin halt, dachte er sich und holte die defekte Glühbirne aus der Tasche, um sie nun ebenfalls wortlos auf den Ladentisch zu legen.

Nun kam Bewegung in die stoisch wartende Gestalt. Mit einem flinken Schlenker seines rechten Armes schnappte sich der Mann die Birne und hielt sie zur Prüfung dicht vor seine Augen.

Minutenlang passierte nichts und Ulf fragte sich, wonach der Mann suchte. Er hatte selbst schon versucht, einen Schriftzug oder Hinweis auf den Typ der Birne zu finden. Ohne Erfolg.

»Die haben sie aus einer ihrer Lampen geholt?« Der Verkäufer legte die defekte Birne wieder auf den

Tresen und sah auf. »Wo denn?« Sein skeptischer Blick durchbohrte Ulf, als wäre er zum Verhör hier.

Ulf fühlte sich unweigerlich ertappt, wusste nur noch nicht, wobei. Viele Varianten der Berliner Art, einen Kunden zu verunsichern, hatte er schon erlebt, diese noch nicht.

Dabei hatte er doch nur die Stunde zwischen dem letzten Vortrag des Seminars und dem Dinner nutzen wollen. Die übrigen Kollegen kamen nicht aus Berlin. Sie waren ins Hotel gefahren, um sich frisch zu machen und vielleicht auch den Anzug gegen eine Jeans zu tauschen. »Einchecken und Tasche fallen lassen«, hatte der Moderator gewitzelt.

Ulf aber war Berliner. Bis nach Hause zu fahren lohnte nicht, er hätte für jede Strecke mehr als eine halbe Stunde gebraucht. Also hatte er etwas Zeit. Deshalb hatte er sich vorgenommen, die fünf U-Bahnstationen vom VDE-Haus zum »Bellucci« zu Fuß zu gehen. Er sehnte sich nach etwas Bewegung nach dem langen Tag des Sitzens und Redens.

Als er am Morgen noch mal bei Google nach dem besten Weg gesucht hatte, war ihm der kleine Laden aufgefallen. »Hannes' Schrauben, Werkzeuge, Haushalt und mehr« lautete der Eintrag im Netz. Sofort war ihm die komische Glühbirne in den Sinn gekommen, die seit seinem Einzug vor einem halben Jahr auf dem Bord im Flur lag. Die sollte angeblich aus der defekten Lampe im Keller stammen. Zumindest hatte das der Vormieter behauptet.

Doch diese Birnen waren schwer zu bekommen. Kein Baumarkt führte sie. Die großen Ketten hatte er schon abgeklappert und nur Kopfschütteln und Verwunderung geerntet. Lediglich im Bauhaus in der Ansbacher hatte ein älterer Verkäufer bestätigt, dass er die zumindest schon mal gesehen habe, aber im Sortiment führten sie die nicht. Und nein, bestellen ginge auch nicht. »Da müssen Sie in einen speziellen Laden gehen. Es gibt sie, aber empfehlen kann ich Ihnen da nichts.«

Ulf hatte seit dem Gespräch stets ein ungutes Gefühl, wenn er das Teil in die Hand nahm. Der Alte könnte auch gesagt haben: »Empfehlen kann ich Ihnen das nicht.« Er war sich sogar recht sicher, dass der genaue Wortlaut so gewesen war. Aber was sollte das?

»Die ist aus meiner Kellerlampe«, hörte er sich nun sagen. Mit festem Blick erwiderte er das eindringliche Bohren des Verkäufers.

Was für ein komischer Kauz, dachte er. Da der Mann wieder auf die Birne starte, konnte er einen Moment genauer hinsehen. Siebzig mochte er sein, eher noch darüber. Der Kittel, der irgendwann einmal blau gewesen sein musste, hing alt und abgetragen über seinen knochigen Schultern. Er wirkte überaus hager. Die Hände bestanden nur aus Haut und Knochen, die wenigen Sehnen traten darunter deutlich hervor. Die Arme, die aus den viel zu weiten Ärmeln des Kittels lugten, waren so dürr, dass man befürchten musste, sie würden bei der erstbesten Gelegenheit brechen.

Auf der Nase trug er eine dieser halbrunden Lesebrillen, über die hinweg er Ulf streng gemustert hatte. Die langen Haare wirkten ein wenig so, als seien sie am Hinterkopf angeklebt. Der restliche Schädel war kahl. Doch das Ungewöhnlichste an seiner Erscheinung war seine komische Nase. Sie war extrem dick, aber nicht rot. Ulf hatte zudem das Gefühl, dass sie sich an der Brille festhielt und nicht umgekehrt.

»Das war nicht meine Frage.«

Die feine Stimme, die so gar nicht zu dem alten Mann passen wollte, forderte Ulfs ganze Geduld heraus. Er spürte, wie sich sämtliche Härchen im Nacken aufrichteten.

»Haben Sie die aus der Lampe gedreht? Ich meine, Sie selbst und ohne Hilfe?«

Ulf stutzte. Wofür war das bitte wichtig? Er hatte nach der Schule eine Lehre zum Elektriker gemacht. Bevor er dann zum Studium gegangen war, hatte er drei Jahre lang auf allen Kontinenten der Erde auf Montage gearbeitet. Traute ihm dieser komische

Vogel etwa nicht zu, eine blöde Glühlampe zu wechseln? Gut, so eine hatte er noch nie gesehen. Kreisrund und vier Anschlüsse auf der Oberseite. Vielleicht eine spezielle Bauform dieser neuartigen LED-Dinger. Aber bitte! Bei seiner Ehre gepackt streckte er den Rücken durch und antwortete: »Yep, das hab ich.«

Es war nicht zu übersehen, dass der Verkäufer immer noch zweifelte. Er schwieg einen Moment, den prüfenden Blick auf Ulf gerichtet. Schließlich verzog er den Mund zu einer Schnute, die nichts anders bedeuten konnte als: ›Na gut, du Schlaumeier, du wirst schon sehen, wenn du unbedingt willst.‹

Laut sagte er: »Okay« und nickte zustimmend, fast resignierend. Nach einer erneuten Pause fuhr er fort: »Dann kennen Sie sich ja auch bei uns aus. Aber wir waren mal wieder gezwungen umzuräumen. Ein Inhabito hatte sich verlaufen. Die Dinger wohnen jetzt in der Dritten. Zwei Treppen runter, links in dem Regal am Ende des Ganges.« Dabei machte der Mann eine Geste, die ihm weniger den Weg weisen, als seine wegschickenden Worte unterstützen sollte.

Das Interesse des Alten war augenblicklich erloschen. Er wandte sich der uralten Kasse zu und pusselte in der Lade, als stünde Ulf nicht mehr vor ihm.

Ulf kam es vor, als hätte er eine Art Test bestanden. Jetzt durfte er den Laden betreten und war nichts weiter als irgendein Kunde, der einen ausgefallenen Wunsch hatte. Trotzdem ein komischer Kautz, dachte er noch, während er sich dem Laden zuwandte.

Zumindest wusste Ulf nun, in welcher Richtung er nach der besagten Treppe suchen musste. In seinem Kopf tauchte noch kurz die Frage auf, was wohl mit Inhabito gemeint war. Aber schon Sekunden später zog ihn die Welt, die er nun betrat, so in ihren Bann, dass er den Gedanken vergaß.

Der Raum öffnete sich zu einem langen Schlauch, der sich tief in das Gebäude hineinzog. Das schwache Licht aus den wenigen Lampen an der Decke ließ die Dinge, die er sah, fremd und unwirklich erscheinen. Direkt hinter der Theke standen die Schubkarren. Zwanzig, vielleicht auch dreißig Karren drängten sich dicht ineinandergesteckt und bildeten so eine Barriere, um die er herumgehen musste. Ulf stutze kurz. Auf den ersten Blick wirkten sie ganz normal. Dann bemerkte er, dass sie unterschiedlich groß waren. Es gab aber nicht nur Kleine für Kinder und Normalgroße für Erwachsene. Daneben standen auch noch deutlich größere, mit Rädern, die Ulf bis zur Brust reichten. An manchen waren sogar zwei dieser Riesenräder. Ulf stand verwundert davor. Wer brauchte hier in der City so eine Schubkarre? Und wer benutzte überhaupt solche?

Dann wurde er von einem großen Tisch abgelenkt, der sich gleich dahinter anschloss. Darauf standen zehn etwa einen Meter lange Balkonkästen aus grünem Kunststoff.

Die Kästen waren jedoch nicht das Sonderbare. Das Besondere war, dass sie schon fix und fertig bepflanzt auf einen Käufer warteten. Winzige Pflänzchen mit roten, gelben und sogar blauen Blüten steckten in der tiefschwarzen Erde. Sie schienen sehr fragil zu sein, zumindest bewegten sie sich bei dem Luftzug, den Ulf im Vorbeigehen verursachte, als würden sie sich recken und strecken.

Ulf bemerkte die Bewegung im Augenwinkel und sah genauer hin, weil er so viel Wind nicht gemacht haben konnte. Auf einmal wirkte es so, als würde die Erde die Blümchen festhalten und verhindern, dass sie rauskrochen. Ulf runzelte die Stirn und lächelte. So ein Quatsch!

Mit dem zweiten Blick erst fiel ihm das Sonderbarste an den kleinen Dingern auf: Sie leuchteten. Diese winzigen Blüten reflektierten dabei nicht etwa das wenige Licht in dem Laden, sondern strahlten selber wie eine dieser neumodischen Partydekorationen. Dabei streckten sie ihm die Blüten entgegen. Solche Blumen hatte Ulf noch nie gesehen. Gut, dachte er sich, bei Pflanzen kenne ich mich nicht so aus.

Als er vom Tisch wegging, beschlich ihn das Gefühl, die Blüten würden sich nach ihm ausrichten, ja ihn beobachten. Als er sich noch einmal umsah, waren sie tatsächlich auf ihn gerichtet. Erschrocken machte er einen Schritt nach hinten, ohne nach vorn zu sehen, und stieß gegen einen Spaten. Laut scheppernd fiel der um und hätte dabei beinahe noch zwei weitere angestoßen.

Ulf beeilte sich, ihn aufzuheben, bevor der alte Kauz wieder auflief. Dabei vernahm er ein deutliches Kichern vom Tisch, doch er wagte es nicht, sich umzudrehen. Wenn die Dinger ihn auch noch auslachten ... Nein, das bildete er sich sicher nur ein.

Hinter den Spaten entdeckte er die Treppe. Es war eine enge Wendeltreppe aus Eisen, die sicher einmal grün gewesen war. Zumindest zeigte sie Spuren grüner Farbe an den Streben des Geländers. Wieder kam ihm der schräge Hinweis des Verkäufers in den Sinn: Dritte Etage, zwei Treppen nach unten. Ulf schüttelte unweigerlich den Kopf, während er die Stufen hinab in den Keller stieg. Zählte der abwärts oder gab es noch zwei weitere Etagen darunter?

Im ersten Untergeschoss befand sich die Abteilung mit dem Werkzeug. Ulf hielt inne, sobald er den Raum überblicken konnte. Er war vor allem stehengeblieben, weil er Angst hatte zu fallen, wenn er, ohne auf seine Füße zu sehen, die Stufen nahm. Gleich vorn gab es Hämmer und Äxte in allen Größen sowie Sägen mit Blättern, an deren Zähnen große Diamanten glitzerten. Daneben standen dicht an dicht etwa zwanzig Häcksler, die einen ziemlich verstaubten Eindruck machten. Er konnte auch mehrere Pakete mit Kettensägen und eine Ecke mit altmodisch großen Bohrmaschinen ausmachen.

Langsam nahm er die letzten Stufen. In der Etage angekommen, zögerte er noch einen Moment. Trotz des scheinbar normalen Angebots spürte er eine Verlockung, auch hier zu stöbern. Er wollte gerade weiter hinab in den Keller steigen, als sich sein Blick an den Äxten verfing. Eine Axt hatte er schon mal in der Hand gehabt. Im Garten der Eltern gab es immer wieder mal einen Baum zu fällen. Dabei hatten sie Beile und eben auch eine Axt verwendet. So eine Axt stand hier nicht. Die hier waren viel größer als alles, was Ulf je gesehen hatte. Die Schäfte reichten ihm bis zur Hüfte und auch die Köpfe unterschieden sich von allem, was er kannte. Sie hatten auf beiden Seiten eine Schneide, die stark gebogen war und sich fast um den Kopf herumzog.

Ulf betrachtete sie genauer. Nein, die konnten nicht für die Gartenarbeit bestimmt sein. Neugierig ging er die fünf Schritte von der Treppe zur Wand, an der die Werkzeuge lehnten. Vorsichtig berührte er den Knauf des längsten Schaftes mit der Hand. Er tastet mit den Fingern nach den feinen Riefen des Holzes, fühlte die Maserung des einst so mächtigen Baumes. Dabei spürte er, wie die Kraft der gefällten Eiche in seine Hand, ja seinen ganzen Arm überzugehen schien.

Während er den Moment noch genoss, fiel sein Blick auf das Fach daneben. Es war ein wenig versteckt hinter den Äxten, deshalb hatte er es nicht schon von der Treppe aus sehen können. Hier standen keine Werkzeuge mehr. Hier standen Schwerter. Schwerter und daneben auch Schilde. Nun wusste er, was er gerade berührte, war ganz sicher nicht der Schaft einer Axt, um den Apfelbaum im Hof zu fällen.

Ein kalter Schauer kroch ihm über den Rücken, als ihm bewusst wurde, wonach er gegriffen, was ihm bis eben das wohlige Kribbeln in der Hand verursacht hatte. Hastig riss er seine Hand von dem Schaft los. Entsetzt sah er auf die kleine Waffenkammer im Keller eines Berliner Mietshauses und schüttelte den Kopf. Wer, bitte, kaufte hier ein?

Gerade als er sich abwenden und zurück zur Treppe gehen wollte, vernahm er ein schepperndes Geräusch am Ende des Raumes. Ängstlich sah er auf und überlegte, wer oder was da wohl kommen mochte. Diese Waffen passten gut und gerne zu den alten Geschichten der Kreuzritter. Kam jetzt etwa ein Ritter, um sich für den nächsten Raubzug zu rüsten?

Nein, es kam kein Ritter. Das Erste, was Ulf erkennen konnte, war eine riesige Kiste, die von einer deutlich kleineren Gestallt dahinter in den Gang geschoben wurde. Sie musste ziemlich schwer sein, denn sie wurde immer nur in kleinen Schritten vorangeschubst. Bei jedem Schubser erklang ein Geräusch, als würde der Inhalt durcheinandergeschüttelt. Dem Klang nach konnten es allerdings weder Schwerter noch Schilde sein. Es klang eher blechern. In der Kiste musste etwas Leichteres sein.

Ulf war unfähig sich zu rühren und wartete stocksteif, was da auf ihn zukam. Als ihn die Kiste fast berührte, erstarb die Bewegung und die Gestalt kam hervor.

Was sich plötzlich vor ihm aufbaute, war ein kleiner Mann von kaum anderthalb Metern Größe. Wobei einen nicht unbeträchtlichen Teil seiner Größe das wilde in alle Richtungen abstehende Haar ausmachte. Genauso üppig und wild trug er seinen Bart, der fast bis zur Erde reichte.

Die Kleidung passte zu der des komischen Alten an der Tür. Nur dass der Kittel hier viel zu groß ausfiel und bis zu den Füßen reichte. Am auffälligsten aber waren die Augen. Viel zu groß für das kleine

Gesicht und rabenschwarz traf ihr Blick nun bohrend auf Ulf.

»Brauchst nicht warten. Deine Größe ist nicht dabei. Alles bestellt, aber seit der Brexit droht, kommen die Dinger kaum noch durch den Tunnel.«

Ulf öffnete den Mund und schloss ihn wieder, ohne dass er zu einer Antwort fähig war. Das Licht in dem Raum war zu schwach, um wirklich zu erkennen, was genau da nicht in seiner Größe in der Kiste schepperte. Er machte einen Schritt zurück, um den Weg freizugeben. Daraufhin ruckelte und schubste der Wicht die Kiste an ihm vorbei weiter durch den Laden.

Stumm sah Ulf ihm nach. Wenn er sich hätte festlegen müssen, würde er sagen, dass er Helme und Harnische erkannt hatte. Aber sicher war er sich nicht.

Schnellen Schrittes eilte er zurück zur Treppe. Statt aber nach oben zu gehen, um den merkwürdigen Ort zu verlassen, nahm er die Stufen nach unten und drang weiter in das Reich des Ungewöhnlichen vor.

In der folgenden Etage hielt er inne. Hier sollten die Lampen sein. Misstrauisch sah er sich um. Der Raum war noch etwas dunkler als der darüber. Eine kleine Taschenlampe wäre nicht schlecht, dachte er. Er schmunzelte bei dem Gedanken, der alte Kauz würde jedem Kunden eine winzige Lampe in die Hand drücken.

Bevor er den Treppenabsatz verließ, blickte er noch einmal nach unten. Die Treppe ging weiter abwärts und lockte ihn, noch mehr zu entdecken. Zwei Kelleretagen waren in Berlin nichts Besonderes. Im *Madame Claude* wurden auch zwei Untergeschosse bespielt. Aber drei? Das hatte er noch nie gesehen. Überrascht schaute Ulf die Stufen hinunter, traute sich aber nicht weiterzugehen. Er konnte nicht erkennen, was dort angeboten wurde.

Als er wieder aufsah, bemerkte er neben seinem Kopf ein Schild, das er bisher übersehen hatte. Darauf stand: *Wenn du es nicht siehst, ist es nicht für dich!*

Ulf kniff die Augen zusammen und blickte noch einmal hinab in die Dunkelheit. Nein, er konnte dort wirklich nichts sehen, es war zu finster.

Hm, dachte er, und schüttelte den Kopf. Die Schwerter, die ich eben gesehen habe, die waren also für mich? Wohl kaum!

Plötzlich spürte er einen Luftzug, der von unten hochwehte, als würde der Raum auf die Frage in seinem Kopf antworten. Die eisige Feuchte, die unvermittelt sein Gesicht bedeckte, hätte nicht deutlicher sein können. Für ihn war das untere Geschoss also nicht gedacht. Offensichtlich war auch im dritten Untergeschoss nicht Schluss.

114

Er stand nicht am Ende des Ladens, vielmehr war es der Anfang einer Welt, in der er nicht lebte und in die er durch einen Zufall einen kurzen Blick werfen durfte. Er hob den Kopf und bemerkte, dass an der Wand neben der Treppe der Bereich mit dem Elektrokram begann. Hier mussten also die besonderen Glühbirnen liegen, wegen derer er gekommen war.

Er stellte sich gerade hin und beäugte die Regale misstrauisch. Ganz langsam ließ er seinen Blick durch die Fächer wandern. Im ersten Moment wirkte alles wie in einem normalen Baumarkt. Stecker, Dosen, Kabel lagen neben Klemmen und Fassungen unterschiedlicher Größen. Doch wie beim Häcksler eine Etage drüber bedeckte auch diesen Kram eine dicke Staubschicht.

Ulf stutzte. Gut, dass die Geräte für den Garten in der Innenstadt niemand brauchte, das konnte er noch verstehen. Wer hatte hier schon einen so großen Garten, dass sich die Anschaffung lohnen würde. Aber das Zeug hier? Das brauchte doch jeder.

Immer noch staunend streckte er den Arm aus, um eine Packung mit Lüsterklemmen in die Hand zu nehmen, als er plötzlich eine Stimme hörte: »Die O-Lampen sind links in der Ecke.«

Ulf fuhr zusammen und sah sich erschrocken um. Niemand war zu sehen. So sehr er sich auch im Halbdunkel umsah, er konnte nicht erkennen, wer ge-sprochen hatte. Er musste sich geirrt haben, hier war niemand.

Kopfschüttelnd sah er wieder zu dem Regal und stellte verwirrt fest, dass es einen guten Meter von ihm entfernt stand. Hatte er unbewusst einen Schritt in den Raum gemacht? Eigenartig.

Er machte diesen einen Schritt wieder auf das Re-gal zu und griff beherzt nach den Klemmen. Jetzt wurde es vollkommen absurd. Die Packung wich ihm aus. Sie schien vor ihm zu fliehen. Das ganze Regal, oder vielmehr der gesamte Raum, krümmte sich ge-nau an der Stelle, wo Ulf nach der kleinen Schachtel greifen wollte. Ulf traute seinen Augen kaum und hielt inne.

Nun wurde die Stimme energischer und sagte: »Links in der Ecke!«

Ulf zog die Hand zurück, worauf die Krümmung verschwand und das Regal wieder seine anfängliche Gestalt annahm. Dabei bemerkte er, dass alles, auch die kleinen Schachteln und Packungen, wieder an seinem Platz lag. Nichts war verrutscht oder herun-tergefallen.

Verstohlen sah er sich um. Er war immer noch allein. Auch hatte er das Gefühl, die Stimme wäre aus dem Regal gekommen. Ulf trat einen Schritt zu-rück. Jetzt konnte er deutlich erkennen, wie ihm das ganze Regal folgte. Er machte noch einen Schritt und es nahm wieder seinen ursprünglichen Platz ein. Er lachte kurz auf und schüttelte den Kopf.

Darauf sagte die Stimme: »Was ist? Hast du noch nie ein interaktives Regal gesehen? Sag bloß, du bist noch nie von diesem lächerlichen Klumpen im All runtergekommen.«

Ulf stockte der Atem. Das Regal sprach wirklich. Er spürte, wie sein Körper erstarrte. Nein, das konnte doch nicht sein. Trotzdem schüttelte er unweigerlich den Kopf.

Das Regal schien entsetzt. Für einen kurzen Moment schwieg es, schien sogar ein wenig betroffen auf Ulf zu blicken. Dann kam etwas Bewegung in die oberen Einlagen. War da etwa der Kopf? Wenn ja, dann war das wohl ein mitleidiges Nicken. »Tut mir leid.«

Ulf fand die Sprache wieder. »Ach, geht schon.«

»Na, wenn du meinst. Dann sag ich lieber nichts mehr.«

»Nein, sag ruhig!«

»Nee, soll ich ja auch nicht. Hab erst gestern einen Rüffel bekommen, weil ich bei der Arbeit zu viel quatschen würde.«

Ulf stutzte. Zu gern hätte er erfahren, was nun nicht gesagt werden würde. Aber die Gelegenheit hatte er verpasst. Also versuchte er, das Gespräch vorsichtig wieder darauf zu lenken. »Kommen denn Regale weit rum in der Welt?«

Natürlich war die Frage absurd. Ein Regal im Untergeschoss eines Baumarktes in einem Berliner Wohnhaus zu fragen, ob es denn schon weit rumgekommen war. Zumal nicht in der Welt, sondern im Weltall. Das war nicht mehr zu toppen. Dachte er. Doch weit gefehlt!

»Na klar! Was denkst du denn? Meinst du, das ist mein erster Job?«

Ulf schloss die Augen. Was sollte das? Was machte er hier? Er wollte doch nur eine neue Glühbirne für seine Kellerlampe kaufen. Nachher traf er sich wieder mit seinen Kollegen zum Dinner und natürlich würden sie über ihre Projekte auf dem Gebiet der Künstlichen Intelligenz reden. Sollte er dann vielleicht einstreuen, dass er hier mit einem Regal im Supermarkt über geeignete Reiseziele in fernen Galaxien geredet hatte?

Nein, das sollte er lieber nicht. Noch bevor er die Augen öffnete, gab er ein kleinlautes »Okay« von sich.

»So, und jetzt noch mal ganz langsam – die O-Lampen sind links in der Ecke. Haben wir letzte Woche, als die Lieferung kam, umgeräumt. Also dort!«

Ulf starrte das Regal an, immer noch unfähig, sich zu rühren. Für einen kleinen Moment schienen die

Regalbretter und sämtliche Pakete darauf, sich zu einem großen Pfeil nach links zu formen. Als er endlich den Blick in die gewiesene Richtung wandte, nahm alles wieder seine originale Form an. Benommen taperte er in die Ecke. Auf halbem Weg drehte er sich vorsichtig um, aber aus der Ferne sah das Regal ganz normal aus. Es sah ihm nicht nach oder war ihm gar gefolgt.

Als er vor dem Regal in der Ecke stand, war er auf alles gefasst – dachte er. Sorgfältig zwei Schritte Abstand haltend, ging er mit den Augen die Fächer durch und versuchte, sich nicht zu wundern.

Natürlich gab es auch hier Schachteln mit dem normalen Kram. Glühlampen, die, wie Ulf sich erinnerte, längst verboten waren, ruhten neben Energiesparlampen, die schon, als sie neu waren, niemand hatte kaufen oder gar benutzen wollen. Das war das Angebot in den mittleren Fächern, gut sichtbar und vor allem gleich ins Auge stechend für den zufällig darauf Schauenden. Allerdings waren die Packungen auch hier so verstaubt, dass niemand sie auch nur berühren wollen würde. Nein, da war sich Ulf sicher, das wollte hier nicht verkauft werden.

Langsam, und immer noch ohne sich dem Regal zu nähern, ging Ulf in die Hocke. In den beiden unteren Fächern änderte sich das Bild. Statt uralter fragiler Pappschachteln lagen hier kleine schwarze

Boxen. Die waren weder fragil noch verstaubt. Solche Verpackungen hatte Ulf noch nie gesehen. Er starrte sie an und fragte sich, ob er die überhaupt in die Hand nehmen konnte.

Dann kam ihm der Gedanke, dass es doch sehr beruhigend war, dass hier keine Elektroschocker oder gar Laserpistolen lagen. Unweigerlich musste er lächeln. So ein Blödsinn, dachte er sich, vielleicht war die Luft hier unten nur schlecht. Sicherlich war der Mangel an Sauerstoff schuld an den komischen Bildern in seinem Kopf.

Er atmete tief durch und rückte, ohne aufzustehen, an das Regal heran. Nun konnte er sehen, dass auf allen Boxen ein Bild der enthaltenen Lampe gedruckt war. Jetzt, aus der Nähe, konnte er auch erkennen, dass auf jeder Box ein Warnhinweis in gelber Schrift stand: *Vorsicht! Inhalt erst unmittelbar vor dem Gebrauch entnehmen!*

Ulf wunderte sich zwar über den Satz, aber verglichen mit den anderen Absonderlichkeiten des Ladens erschien ihm das verständlich. Halogenleuchten durfte man auch nicht mit bloßen Händen anfassen. Vielleicht war damit etwas in der Art gemeint.

Dieses Regal schien ebenfalls schon zu wissen, was er wollte. Ein kleiner, heller Lichtkegel beleuchtete eine der Boxen, die dem Bild zufolge genau die gesuchte O-Lampe enthalten sollte.

Erleichtert griff Ulf nach der Box und war froh, dass sich das Regal nicht bewegte und er sie einfach in die Hand nehmen konnte. Doch als seine Fingerspitzen die Box berührten, schreckte er unwillkürlich zurück. Von der Packung ging ein Vibrieren, ein Brummen aus. Dann griff er beherzter zu und das Vibrieren verschwand.

Einen Moment war er versucht, die Packung zu öffnen und nachzusehen, wie er es sonst tun würde, doch unterließ er es lieber. Der Hinweis über dem Bild war zu eindeutig.

Zügig lief Ulf zur Treppe. Seine Lust, weitere Ecken des Ladens zu entdecken, war erloschen. Jetzt wollte er nur noch nach oben, an die frische Luft. Eine unerklärliche Sehnsucht, die Abendsonne noch zu erwischen, machte sich in seiner Brust breit. Bloß weg hier! Das war alles, was er noch denken konnte.

»Na, alles gefunden?« Der Verkäufer sah nicht einmal auf, griff nur nach der kleinen Schachtel, die Ulf ihm möglichst beiläufig auf den Ladentisch warf. »Ja, das sind die O-Lampen. Beliebt wie eh und je, weil sie auf den Schaltstrom der Inhabitos reagieren.« Dann hob er den Kopf und sah Ulf ins Gesicht. »Aber die wollen Sie doch nicht allein einsetzen oder?«

Ulf war vollkommen perplex und brachte kein Wort heraus.

»Wo wohnen Sie denn? Vielleicht kann ich ja morgen früh vorbeikommen. Die Biester sind manchmal sehr störrisch.«

Stresstest

M ädels, ich muss los. Ich wünsche euch einen tollen Tag, genießt die Sonne.« Ben umfasste mit der linken Hand die Klinke der Wohnungstür, hielt in der anderen die Jacke am Kragen und wartete.

In seinem Kopf ging er schon die Termine des Vormittags durch. Das Review in dem großen europäischen Projekt zu künstlicher Intelligenz stand bevor. Der Projektträger würde anrufen. Die Agenda musste finalisiert werden. Das Institut aus Schweden hatte sich immer noch nicht gemeldet. Er spürte, wie eine leichte Nervosität in ihm aufstieg. So viel hing für seine Abteilung von diesem einen Projekt ab. Die Verlängerung würde sie die nächsten drei Jahre sicher finanzieren.

Ein weiteres Mal kontrollierte er den Inhalt seiner Tasche. Immer noch fehlte nichts. Jetzt könnte er, und er müsste auch, nein, er musste endlich los.

***

Tief unten im Keller des alten Chemiewerks in der Schnellerstraße saßen sich derweil der Station-Chief und sein designierter Nachfolger gegenüber. Jedoch würden nicht wenige Menschen auf der Welt behaupten, Letzterer säße dort allein.

Zur besseren Tarnung im Falle eines unerwünschten Besuchers war der Raum in den Dimensionen der Inhabitos gestaltet. Das wiederum hatte zur Folge, dass diejenigen, deren Wandelbarkeit nachließ, Mühe hatten, ihn zu nutzen. Aus diesem Grunde lag der langjährige Chief als Radiergummi auf dem Tisch. Seine Fähigkeit, beliebige Gestalt anzunehmen, hatte in den vergangenen Wochen dramatisch abgenommen, und genau deshalb sollte er nun sein Amt an Claus abgeben.

***

Einen Moment wartete er noch, stand wie zu einer Skulptur erstarrt im Flur, ohne einen Mucks von sich zu geben, und lauschte. Im Kopf war er längst weg, rannte die Treppe hinunter, stieg aufs Fahrrad und fuhr los. In zwanzig Minuten würde er im Büro ankommen. Das sollte reichen, um alles vorzubereiten. Lisa, seine rechte Hand, war sicher schon dabei, die Mails zu checken.

Noch immer kam keine Antwort von den Mädels. Ganz sicher hatten sie ihn gehört, so groß war die Wohnung nicht. Doch sie wollten ihn nicht gehen lassen. Jeden Morgen dasselbe Spiel. Er lächelte gequält. Er liebte es und doch nervte es an Tagen wie heute.

Er wanderte mit seinen Augen durch den halbdunklen Raum und blieb wieder mal an den Fotos an der Wand gegenüber hängen. Er richtete sich auf, sein Blick wurde weich. Auf allen Bildern war ein und dasselbe Motiv zu sehen. Das älteste Foto zeigte ein Mädchen, das, drei Stunden alt, so winzig gewesen war, dass es tief und fest schlafend kaum seinen Unterarm füllte. Ben nickte, ja, an dem Tag damals hatte sich alles geändert.

Sein großer Favorit aber hing links, fast am Türrahmen. Darauf war die Principessa etwa zehn und deutlich länger als sein Unterarm. Mit Mütze und dicker Jacke stand sie an dem berühmten Leuchtturm auf Hiddensee und sah zur Seite. Was sie sah, hatte die Kamera nicht eingefangen. Viel wichtiger als was sie sah, war, wie sie es betrachtete. Ihr Blick ruhte auf etwas, das leicht erhöht neben ihr gestanden haben musste, sie sah nach oben. Ihre Augen waren voller Liebe und Vertrauen, aber auch Neugier und Erwartung. Diesen Blick, den spürte er bis heute.

Auf einem anderen Bild sah man ihn ein paar Jahre früher am Strand, wie er sie unterm Arm trug. Was hatte sie geschrien, weil er sie einfach geschnappt und ins Hotel getragen hatte, obwohl sie gern weitergebuddelt hätte. Es barg eindeutig Vorteile, dass Fotos keine Geräusche festhielten. Dieses Geschrei jedes Mal, das würde doch sehr nerven. Ein Lächeln huschte über sein Gesicht. Nun aber! »Ich bin weg!« Wieder lauscht er. Ein letzter Versuch. So sinnlos wie der erste, und doch – aber nein. Vergeblich.

Seufzend hängte er die Jacke an die Klinke, setzte die Tasche ab und machte einen Schritt in die Richtung, aus der das schmollende Schweigen kam. Er kannte das Ritual und sie kannte es auch. Wie sollte sie auch verstehen, dass er es heute mal wirklich eilig hatte?

Mit einem Lächeln im Gesicht öffnete er behutsam die Tür und im nächsten Augenblick fragte er sich, wie er hätte den Tag überstehen wollen, ohne dieses freche Lachen gesehen zu haben. Sie stand im Bett und wartete, die Hände vor dem Bauch verschränkt, mit einem Ausdruck im Gesicht, der irgendwo zwischen »Siehste!« und »Was sollte das denn?« lag. Er drückte sie liebevoll, woraufhin sie ihm ebenfalls einen schönen Tag wünschte.

»Lass dich nicht ärgern, Papi, und zeig's ihnen.«

»Mach ich, kleine Maus. Versprochen.«

Als er wieder in den Flur kam, wartete dort die Große. Auch sie war noch im Nachthemd und trug darüber nur einen weißen Bademantel. Als Freelancerin absolvierte sie die erste Schicht meist vor dem Duschen. Sie schenkte ihm einen heißen Blick und legte ihre Arme um seinen Hals. Als er sich zu ihr herunterbeugte, spürte er einen Stich im Rücken und stöhnte kurz auf.

»Einen zauberhaften Tag für dich, mein fleißiger Mann.« Dann biss sie ihm zärtlich, aber bestimmt ins Ohr.

»Ah ja, jetzt weiß ich wieder, warum ich die Tortur auf mich genommen habe.«

Sofort zauberte sie einen Schmollmund hervor. »Du wolltest die Möbel auch.«

Das war richtig. Sie hatten sie gemeinsam ausgesucht, die alte Anrichte von ihrer Oma war ja auch wirklich schon auseinandergefallen. Aber er hatte sie nicht allein in den vierten Stock tragen wollen. Auch hätte er gern jemanden kommen lassen, der sie aufbaute. Doch was waren die Schmerzen im Rücken gegen diesen Blick?

»Sag mal, Schatz«, riss sie ihn aus seinen Gedanken, »unsere Party am Samstag hast du im Kopf, oder?«

Er schreckte hoch. »Ja ... na klar! Warum fragst du?«

Sie schmunzelte, denn sie kannten sich viel zu lange, als dass sie nicht gesehen hätte, dass er gerade flunkerte. Sie legte ihm die Arme um den Hals und antwortete flüsternd: »Ich weiß. Bitte denk dran, deine Kollegen noch mal zu erinnern. Lisa wird es nicht vergessen. Aber deine Tochter wäre untröstlich, käme ihr neuer nerdiger Freund nicht.«

***

Claus wartete geduldig, bis der Radiergummi vor ihm das Briefing fortsetzte. Die vielen Jahre in der intergalaktischen Flotte hatten ihn gelehrt, dass Ungeduld ein schlechter Begleiter in wichtigen Meetings war. Und das war ein wichtiges Meeting.

Vor nunmehr sieben Jahren hatte er den Tipp bekommen, dass demnächst auf der Erde ein neuer Chief gesucht werden würde. Dass es noch so lange dauern würde, war damals nicht abzusehen gewesen, aber nun war es endlich so weit. Er war am Ziel.

Allen war bewusst, dass ein Radiergummi den kritischen Stützpunkt im Sonnensystem nicht länger würde leiten können. Seine Ernennung zum Chief war reine Formsache. Er war perfekt in das Leben der Stadt integriert.

Seinen irdischen Job als Sys-Admin des größten Forschungsinstituts des Landes hatte er so gut versehen, dass ihm sogar die Leitung der kleinen Truppe übertragen wurde. Eine große Hilfe waren dabei die drei Ankommer, die seit Jahren in dem Rollcontainer unter seinem Tisch hausten und für ihn die Firewall pflegten.

Er hatte sämtliche Kurse erfolgreich absolviert und mit Bestnoten bestanden. Mit seiner Fähigkeit, sich zu wandeln, hatte er die Prüfer so sehr überrascht, dass sie aus dem Mitschnitt des Tests ein Lehrvideo machen wollten. In der Zusatzaufgabe hüpfte er in einem Straßencafé am Kollwitzplatz als aufgeplusterter Spatz um einen Teller und mopste die Krümel, während er gleichzeitig in Gestalt des berühmten George Clooney mit der jungen Frau flirtete, die das Croissant darauf aß.

Er könnte jetzt genauso als Radiergummi hier liegen wie der Chief. Aber er mochte es nicht, sich in einen leblosen Körper zu verwandeln. Es fühlte sich immer an, als würde ein kleiner Teil von ihm sterben. Außerdem verstieß es gegen die Vorschrift. Auch an wichtigen Meetings hatte wenigstens ein Ankommer in Gestalt eines Inhabitos teilzunehmen, damit im Fall der Fälle der Raum nicht leer war.

Das Meeting war vor allem deshalb so wichtig, weil es das Briefing vor dem letzten Test war. Morgen sollte seine Ernennung bekanntgegeben werden.

***

Auf der Straße angekommen ließ Ben die Schultern kreisen. Er versuchte, den Oberkörper gegen den Schmerz zu strecken, doch die Stiche im Rücken stoppten seine Bemühungen abrupt. Er stöhnte auf und sagte laut zu sich: »Allmählich werde ich zu alt für solche Aktionen.«

Vorsichtig, jede falsche Bewegung vermeidend, setzte er den Rucksack auf und holte die Schlüssel zum Keller aus der Tasche. Ein erneuter Schmerzensstich erinnerte ihn daran, dass er sich viel zu wenig bewegte. Das bisschen Radfahren war einfach nicht genug.

Als er die Treppe hinabstieg, gab sein Telefon das Signal für eine ankommende SMS von sich. »Bin ja gleich da«, knurrte er.

Bisweilen übertrieb es Lisa mit der Drängelei. Sie war seit mehr als fünf Jahren seine rechte Hand. In dienstlichen Belangen waren sie ein Team, arbeiteten so eng zusammen, dass es manchmal wirkte, als wären sie eine Doppelspitze. Sämtliche Vorgänge wanderten über ihren Tisch, wichtige Entscheidungen diskutierte er zuerst mit ihr, bevor er mit den Gruppenleitern drüber sprach, und nicht wenige Routineaufgaben übernahm sie, ohne dass er überhaupt davon erfuhr.

Privat wussten sie nichts voneinander. Es gab wohl einen Mann und hin und wieder wurden auch Kinder erwähnt. Allerdings wich sie diesem Thema konsequent aus und Ben akzeptierte das. Es ging das Gerücht, sie hätte ein gutes, vielleicht zu gutes Verhältnis zum neuen Chef der IT-Abteilung. Aber Ben interessierte sich nicht für den Klatsch, der durch die Gänge waberte. Wenn sie es ihm nicht erzählte, wollte er nichts davon wissen.

Als er im Fahrradkeller neben seinem Rennrad stand, konnte er die Neugier nicht mehr bändigen. Es könnte ja auch sein, dass die wundervolle Frau, die er eben noch geküsst hatte, ihm einen lieben Gruß schickte. Er griff in die Hosentasche und holte das Handy hervor, um nachzusehen.

Doch die SMS war weder von der einen noch von der anderen Frau in seinem Leben. Es war eine dieser Nachrichten, die er schon seit einer Weile aufs Handy bekam und deren Absender so gut verborgen waren, dass selbst die IT-Cracks sie nicht finden konnten. Bei der ersten SMS ohne Absender hatte er noch an einen Scherz der Jungs gedacht. Die waren ja immer etwas schräg drauf. Aber sie hatten eisern geschworen, die Nachricht nicht geschickt zu haben. Anfänglich waren es SMS mit eher sinnfreiem Inhalt gewesen. Diese hingegen war das nicht. *Denk an den Laster!*

Ben stöhnte auf. Natürlich der Laster. Aber wer schickte ihm diese Nachrichten und woher wusste derjenige von dem Laster? Unwillkürlich drehte er sich um. Zumindest hier im Keller war er allein. Wütend schüttelte er den Kopf. Er musste noch mal mit Claus reden. Das konnte doch nicht sein. Missmutig hängte er den Fahrradhelm über den Lenker und schloss die Tür wieder ab. Immer noch sprachlos, doch auch ein gutes Stück dankbar, dass er den Tipp erhalten hatte, stapfte er die Treppe wieder hoch.

Oben auf der Straße grinste ihn die fliegende Robbe an, das längst verblichene Logo des Autoverleihs. Sie hatten gestern die alten Teile nur runtergetragen und er sollte sie heute auf dem Heimweg bei der Stadtreinigung abgeben.

***

Als Claus sich auf den Platz des Prüfungsleiters setzte, liefen auf der Monitorwand vor ihm bereits die ersten Meldungen von der Strecke ein. Die Kollegen vor Ort wurden ungeduldig.

Seine kleine Verspätung war zwar nicht aufgefallen, aber viel später hätte er nicht kommen dürfen. Sie hatten immer nur ein kurzes Zeitfenster, in dem sie eine Straße komplett steuern konnten, bevor die Inhabitos aufmerksam wurden.

»Hier GS 63, alles klar, die Eingangsprüfung steht. Wann kommt denn unser Vorzeigekadett endlich?«

Claus setzte das Headset auf und schaltete das Mikro ein. »Wir brauchen noch zehn Minuten. Wir drücken auf die Tube.«

Es gab ein kleines Knacken in der Leitung. Claus wusste genau, dass die Kollegen ihr Mikro kurz abgeschaltet hatten, damit er ihr Meckern nicht hören konnte. Dann knackte es erneut und er hörte sie sagen: »Bitte beeilt euch. Es ist alles bereit.«

»Geht klar! Wir räumen die Strecke frei und melden uns, sobald wir in eure Nähe kommen.«

***

Nachdem Ben die Robbe bestiegen hatte, legte er Tasche und Jacke auf den leeren Beifahrersitz. Dann sah er sich um.

Als jemand, der stets mit dem Rad zur Arbeit fuhr und auch sonst das Auto in der Stadt eher mied, musste er sich jedes Mal neu auf die ungewohnte Perspektive einstellen. Sorgfältig prüfte er die beiden Außenspiegel – der in der Mitte zeigte ihm nur die Plane auf der Pritsche.

Er ließ den Motor lange vorglühen, dann drehte er den Schlüssel, bis ihm ein lautes Geräusch meldete, dass es losging.

Der Start verlief glatt. Sie hatten den Laster so geparkt, dass er vorwärts auf die Florastraße fahren konnte, und niemand hatte gewagt, seinen Liebling in die Nähe des uralten Kleinlasters zu stellen.

Der Motor schrie beim Wechsel in den zweiten Gang auf. Ben zuckte zusammen. Ja, erst einkuppeln, dann Gas geben. Beim Einlegen des Ganges gab es ein neues Kreischen aus dem Motorraum. Aber der Gang war drin und die Robbe beschleunigte.

An der Ecke zur Mühlenstraße wartete die Ampel mit Grün auf ihn. Mit einem kühnen Schwung bog er nach rechts ab, wobei die alten Möbel auf der Ladefläche das erste Mal ins Rutschen kamen.

Erschrocken lauschte er nach hinten, entschied sich aber, nicht anzuhalten, um nachzusehen.

Die Mühlenstraße war wie immer recht leer. Es ging zügig voran.

Die Ampel am U-Bahnhof Vineta, sonst eine kritische Barriere für den Verkehr in die Stadt, bot ihm heute ein Schlupfloch. Alle anderen Fahrer hatten sich in die linke Spur verliebt. Ben zog, ohne abzubremsen, auf die rechte rüber und tauchte hindurch. So schnell war er noch nie auf die Einflugschneise zur Stadt, die Schönhauser, eingebogen.

Die große Kreuzung zur Bornholmer begrüßte ihn mit einem weit sichtbaren roten Licht. Aber auch hier war es heute recht leer, sodass er in der ersten

Reihe zum Stehen kam. Poleposition, ging es Ben durch den Kopf, und auf einmal erinnerten ihn die vielen roten Lichter über ihm an die Startampel eines Formel-1-Rennens.

Er lächelte. Diese uralte Robbe war ja vieles, aber ein Rennwagen war sie nicht.

***

Noch bevor die Ampel an der Bornholmer die Strecke freigab, meldete sich der Radiergummi zu Wort. Bis eben hatte er auf dem Steuerpult im Keller des alten Chemiewerkes gelegen und keinen Mucks von sich geben. Der Beginn der Prüfungen war sein Einsatz. Auch wenn es das letzte Mal war, dass Claus nur Beisitzer war, so durfte er die Prüfung doch nicht ohne Aufsicht durchführen.

»Gehen wir die Checkliste noch einmal durch.«

»Okay.« Claus versuchte, möglichst teilnahmslos auf den Chief herabzusehen.

Seit Jahren hatte der Boss den Ruf, sich gern in solch winzige Gegenstände zurückzuziehen. Immer wieder beeindruckte Claus, wie es ihm gelang, trotzdem eine derart raumfüllende Präsenz zu erlangen. Es war, als stünde er hinter ihm. Seine Äußerungen wurden ohne den Umweg über die Worte einer Sprache direkt in seinen Kopf übertragen.

Während sie die Liste durchgingen, ließ Claus den großen Monitor an der Wand gegenüber nicht aus den Augen. Er zeigte das Bild einer als Taube getarnten Drohne, die in fünfzehn Meter Höhe über der Robbe kreiste. Die Tram der Linie 50, die gerade zusätzlich zum Fahrplan um die Ecke rumpelte, verschaffte ihnen weitere zehn Sekunden.

***

Als die Ampel auf Grün wechselte, hatte Ben den ersten Gang lange eingelegt und den Motor hochlaufen lassen. Er ließ die Kupplung kommen und trat das Gaspedal durch, nun war der Unterschied zum Start auf dem Nürburgring kaum noch zu spüren. Die Robbe machte einen kräftigen Satz nach vorn, die alten Möbel prüften die Stabilität der hinteren Ladeklappe. Die hielt dem Aufprall stand.

Noch auf der Kreuzung schaltete Ben in den vierten Gang und gab Gas. Als er die Bornholmer überquert hatte, griff er versehentlich noch einmal nach dem Schalthebel und suchte den nicht vorhandenen Fünften. Mit einem ohrenbetäubend lauten Krachen quittierte das Getriebe seine Bemühungen.

Ben zuckte zusammen. Er befürchtete, den Hebel abgebrochen zu haben, konnte aber wegen des Verkehrs nicht nach unten sehen.

Der Laster hingegen verhielt sich, als gäbe es tatsächlich den zusätzlichen Gang. Er beschleunigte weiter, und auch als Ben den Fuß vom Gas nahm, wurde er nicht langsamer. Ben stutzte kurz, um dann beherzt auf die Bremse zu treten. Doch ohne Erfolg. Nicht nur, dass das Pedal ihm keinerlei Widerstand entgegenbrachte und er ins Leere trat. Der Laster schien das als Ansporn zu sehen, noch schneller zu fahren. Erschrocken nahm er den Fuß vom Pedal und stemmte sich stattdessen gegen den Boden des Wagens ab.

Was nun folgte, war ein urbaner Slalom zwischen den parkenden Autos rechts und den Abbiegern links. Zwei Fußgänger, die unbedingt vor ihm die Straße überqueren wollten, forderten noch seine besondere Aufmerksamkeit. Als die aber überstanden waren, beruhigte sich sein Puls merklich. Bei jeder Änderung der Richtung legte er sich ein wenig mehr in die Kurve, als würde er nur tief fliegen. Allmählich gewann er Spaß an der Tour.

Die Straße nicht aus den Augen lassend zählte er mit den Füßen die Pedale durch und entschied, welches die Bremse sein müsste. Dann atmete er tief durch und trat beherzt drauf.

Die freche Schnauze der Robbe neigte sich nach unten. Die Barthaare schienen die Fahrbahn fegen zu wollen. Ben musste sich am Lenkrad festkrallen wie ein Reiter an seinem Sattel, wenn das Pferd bockte. Aber er hatte die Kontrolle über das Fahrzeug wiedererlangt. Langsam rollten sie auf die Kreuzung Ecke Gleim zu. Ben grinste. Vielleicht hätte ich doch zum Rodeo gehen sollen.

∗∗∗

Claus schaltete die Fernsteuerung ab und nickte stumm. Jetzt konnte der Test beginnen.

Der Radiergummi war beeindruckt und sagte zunächst nichts. Der Boss machte nie viele Worte, doch diesmal war sein Schweigen beredt genug. Dann hallte seine Stimme durch den Raum: »Der kriegt selbst einen Klasse-A-Transporter unbeschadet durch den Asteroidengürtel. Unglaublich!«

Claus nickte noch einmal und dachte: Ja, das sollte kein Problem für ihn sein. Dann beugte er sich vor und schaltete das Raummikro ein. Er wusste, jetzt musste er nur noch die Übergabe korrekt abschließen.

»GS 63 bitte kommen.«

»Hier ist GS 63. Wie weit seid ihr?«

»Kadett ist im Anmarsch. Bereit zur Übergabe.«

»Übergabe steht.«

Claus schaltete das Mikro ab und nahm das Headset vom Kopf. Nun war er nur noch Prüfungsleiter nicht mehr Prüfer. Die Kontrolle lag bei den Kollegen an der Strecke.

***

An der Gleimstraße wollte Ben von der Piste runter. Sein Ziel lag im Wedding. Sonst bog er hier mit dem Rad ab, gern auch bei Rot. Auf die Rechtsabbieger, die Doofen, die unbedingt mit dem Auto zur Arbeit fuhren, auf die achtete er kaum.

Heute stand er selbst in der Abbiegespur und sah angespannt in den Spiegel. Er war bis zur Mitte der Kreuzung vorgefahren, hatte aber darauf geachtet, dass er sich mit eingeschlagenen Rädern längs zum Radweg hielt. So konnte er die fast feierlich anmutende Prozession abnehmen, die in einem endlosen Strom an ihm vorüberzog.

Dann endlich schaltete die Ampel und immer mehr Radfahrer stoppten. Als der letzte Ignorant moderner Verkehrsregelung durch war, legte er den ersten Gang ein und trat aufs Gas. Es verging die wohl kürzest mögliche Zeit zwischen dem dynamischen Anfahren eines Kleinlasters und dessen absoluter Vollbremsung. In einem Reflex stieg er auf die Bremse und stemmte er sich mit aller Kraft gegen das Lenkrad, um nicht durch die große Frontscheibe auszusteigen.

Die Anrichte auf der Ladefläche hatte Pech – was für ein hässliches Geräusch! Die Menschen auf der Straße zuckten zusammen und drehten sich ängstlich zu ihm um. Die Frau mit dem Rollator nicht. Die tat, als würde sie ihn nicht einmal sehen. Unberührt vom Geschehen schlurfte sie über die rote Ampel, schaute weder links noch rechts. Er war so knapp vor ihr zum Stehen gekommen, dass ihr Arm die Stoßstange sogar leicht berührte. Fast hätte man meinen können, sie würde liebevoll darüber streicheln.

Es dauerte eine Ewigkeit, bis sie über die kleine Straße getapert war. Aber auch er brauchte diese Zeit, bis er die vom Schock starren Glieder wieder bewegen und ans Weiterfahren denken konnte. Ungläubig schaute er der Erscheinung nach und schüttelte den Kopf. Jetzt war er wirklich wach. Aber er befand sich auch noch immer mitten auf der Kreuzung. Allerdings stand der Laster nun so, dass er im Rückspiegel nur noch die Brücke der U-Bahn und nicht mehr den Radweg sehen konnte. Was dort passierte, konnte er maximal ahnen.

Natürlich hatte die Ampel längst geschaltet und um ihn herum tobte der Verkehr. Radfahrer umkurvten ihn auf beiden Seiten, Fußgänger schimpften, ob des im Weg stehenden Hindernisses, und von hinten hörte er das Hupen anderer Autos.

Das Adrenalin floss durch seine Adern, die Hände zitterten mit dem Lenkrad. Ben schloss die Augen und holte tief Luft. Langsam tastete er sich vor und fuhr schließlich nach Gehör um die Ecke.

***

»GS 63 an Zentrale, er ist drin. Den Reaktionstest hat er bestanden. Wir geben volle Punktzahl.«

Claus lehnte sich zurück und lächelte. Die Oma war eine seiner ersten Arbeiten auf der Erde gewesen. Am Anfang hatte sie noch im Rollstuhl gesessen, aber das hatte sich nicht bewährt. Zu oft war die Alte umgestoßen worden. Der Prüfling war wild beschimpft worden und die Situation außer Kontrolle geraten. In der Implementierung mit dem Rollator konnte sie einfacher zu Seite ausweichen, ohne dass jemand stutzig wurde. Aber das war heute nicht nötig gewesen.

Claus nickte noch einmal. Bevor er sich bei den Kollegen meldete, straffte er den Rücken und setzte ein ernstes Gesicht auf. »Okay. Die Prüfung beginnt. Ihr übernehmt die Strecke. Was habt ihr vorbereitet?«

»Wir beginnen mit der BSR.«

Claus nickte stumm. Eine gute Wahl als Opener. Laut sagte er: »Gut, dann aber mit dem cholerischen

Gegner. Wir machen schließlich eine A1-Prüfung.«
Als er das Mikro abgeschaltet hatte, schloss er die
Augen. Mit diesem Satz hatte er die Anforderungen
noch einmal hochgesetzt.

Tief in seinem Inneren kreuzte er die Finger. Von
dem Ergebnis hing eine Menge ab. Er hatte den Kadetten vor vier Jahren ausgewählt und in mehreren
heimlichen Tests vorqualifiziert. Nur deshalb hatte
er in dem Institut angefangen, hatte sich der Familie
genähert. Sollte sich herausstellen, dass er sich geirrt
hatte, würde das ein sehr schlechtes Licht auf ihn
und seine Eignung als Chief werfen.

***

In der Gleim galt wie an jedem Morgen das Prinzip
der Verkehrsflusserhaltung. Recht hat die Spur, die
fährt – egal, wo welches Hindernis im Weg steht.
Die einen blieben dran, um keine Lücke zu lassen,
die anderen rollten darauf zu, bis sie verstopft war.
Die Abstände zwischen den Autos waren so eng,
dass sich die Stoßstangen fast berührten, damit ja
niemand in die Lücken springen konnte. Wer zuerst
bremste, hatte verloren.

Das Müllauto stand, entgegen der Fahrtrichtung,
natürlich auf Bens Seite. Das leere Fahrerhaus füllte
die Straße wie eine Wand und verhinderte jede Sicht

auf den Verkehr aus der Gegenrichtung. Aber sie fuhren. Einer nach dem anderen folgten sie dem Vordermann. Alle beeilten sich, hofften, noch vorbeischlüpfen zu können.

Der Strom stockte genau, als er auf Höhe des riesigen Ungetüms ankam. Er schaute nach rechts und sah das Auf und Ab der Tonnen, bemerkte den Staub, wie er in der tief stehenden Sonne flimmerte. Der Wagen vor ihm hatte sich noch durchmogeln können. Er hingegen fand sich einem dieser albernen SUVs gegenüber.

Das Nächste, was er wahrnahm, war der rote Kopf des Fahrers. Er kniff kurz die Augen zusammen und fragte sich, ob der vielleicht sogar platzen könnte. Nein, so schlimm war es nicht. Nun setzte der vernünftige Teil in seinem Kopf aus und schuf Raum für Blödsinn. »Der kann im Dunkeln leuchten«, sagte er laut zu sich, um sofort zu ergänzen: »Nicht sehr hilfreich, die Sonne scheint.« Dann hörte er das Hupen. »Auch nicht besser.« Schließlich fing der Fahrer an zu schreien. »Wenn ich jetzt lächle, platzt er doch noch.«

Aber er lächelte nicht. Mit einem ernsten und gleichzeitig entspannten Gesicht sah er dem Gegner in die Augen. Er starrte ihn an und begann, in Gedanken auf ihn einzureden: Hey, ganz locker bleiben. Du hast dich in die große Stadt gewagt, hast dir dafür einen schönen großen Panzer besorgt. Nun lass gut sein. Wenn du die Nerven verlierst, gibt es womöglich noch Tote. Und eigentlich willst du doch nur in dein kleines Büro fahren und da willst du ganz sicher nicht nachher anrufen müssen, weil du einen Anwalt brauchst. Also entspann dich.

Dann war Ruhe. Der Fahrer des SUV schnappte nach Luft, als hätte er Ben gehört und schließlich ein Einsehen gefunden. Kein Hupen mehr, keine Schreie, nur noch ein hilfloser Blick und das Zucken der Schultern. »Na geht doch«, sagte Ben laut.

Nach zwei Minuten kam Bewegung in das Geschehen. Das Müllauto ruckte an und gab eine Lücke frei, durch die er entkam. Der Schreihals hatte Pech, denn er stand sofort dem nächsten gegenüber. Nun musste Ben doch grinsen.

***

»Okay, Konfrontation unter Stress hervorragend.« Claus hörte die Kollegen an der Strecke klatschen. Die BSR war oft der erste und zugleich letzte Test einer Prüfung. Nicht selten war der Prüfling ausgestiegen und hatte sich mit dem SUV-Fahrer geprügelt. Wegen der Abhängigkeit vom übrigen Verkehr konnten sie hier nicht vollständig animieren. Sie waren auf das vorhandene Material auf der Piste an-

144

gewiesen. Aber zum Glück wurde das Angebot immer größer und heute hatten sie sogar die Wahl gehabt, welchen SUV sie nehmen wollten.

Claus war sich nicht sicher, ob Ben gemerkt hatte, dass der SUV-Fahrer seine Worte verstanden hatte. Für die Zeit der Prüfung gaben sie den Kadetten Fähigkeiten, über die sie später auch verfügen würden. So konnten sie gleichzeitig prüfen, wie der Kandidat unter sich ändernden Bedingungen zurechtkam.

***

Hinter dem Müllauto gab es ein paar Meter freie Straße. Immer noch grinsend ließ Ben die Robbe bis zum Ende der Schlange rollen. Dabei schlich sich ein vertrautes, aber doch unerwartetes Geräusch in sein Bewusstsein. Sein Telefon!

Auf den Verkehr konzentriert durchwühlte er die Jacke auf dem Beifahrersitz. Als er die SMS endlich las, stöhnte er auf. Es war eine Erinnerung von Lisa. Eine Kollegin hatte Geburtstag und er hatte versprochen, die Blumen zu besorgen.

Während er noch darüber grübelte, ob sie ihm die Ausrede mit den alten Möbeln durchgehen lassen würde, fiel sein Blick auf einen freien Parkplatz, so groß, dass sogar der Laster reinpasste. Er stutzte. Hier, Ecke Cantian, direkt vor dem einzigen Blumenladen an der Strecke? Statt sofort reinzufahren, hielt er noch einen Moment inne. Wo war der Fehler? Gerade heute, wo doch sonst alles schiefging.

Aber schließlich nahm er das Angebot an und parkte ein. Noch beim Aussteigen schüttelte er ungläubig den Kopf, schloss den Wagen ab und ging auf den Blumenladen zu. Als er fünf Meter davor stand, dreht er sich noch einmal um und prüfte die Schilder. Nein, alles im grünen Bereich, dachte er, und wollte sich zur Tür wenden.

***

Claus richtete sich auf. Das war der Moment, wo er als Prüfungsleiter eingreifen musste. »Kollegen, das Ticket. Wo bleibt ihr? Er läuft uns sonst weg!«

Ein hektisches Knacken in der Leitung bestätigte ihm, dass die Kollegen aktiv an dem Problem arbeiteten. Dann kam endlich eine Antwort. »Wir sind dran. Die war abgeschmiert. Das Booten dauert immer so lange.«

»Und?« Claus spürte, wie er nervös wurde. Versuchte sich aber zu beruhigen. Im Zweifel würden sie den Test auch auf dem Rückweg durchführen können. Besser passend wäre aber jetzt.

»Gleich da.« Die Stimme klang gepresst. Dann die Erlösung: »Kommt!«

***

»Ist schon nach neun, junger Mann!«

Oh, wie Ben solche Ansprachen hasste. Er schloss die Augen und atmete tief durch. Dann, ganz langsam, drehte er sich um und suchte nach der Quelle des netten Grußes. Er musste nicht lange suchen.

Sie war zwar winzig, aber die blaue Uniform vom Ordnungsamt ließ sie spürbar anwachsen. Mit provozierend freundlichem Blick stand sie vor ihm und tat, als würde sie auf eine Antwort warten.

Für eine Sekunde dachte er, dass sie im normalen Leben durchaus attraktiv sein musste. Am Abend ließ sie sicher die blonden Haare aus dem strengen Zopf, der sie so viel älter machte. Wenn sie dann locker gewellt über ihre Schulter hingen, würden auch ihre Augen diesen speziellen Glanz bekommen, der Männer schwach machen konnte. Schließlich tauschte sie womöglich die klobigen Wanderschuhe gegen feine Pumps und wuchs auf eine wahrnehmbare Größe an. Aber diese Uniform? Das sollte sie lassen.

Er setzte sein liebstes Lächeln auf und versuchte es mit Betteln: »Ich springe nur kurz rein und bin in einer Minute zurück. Versprochen.«

Sie zuckte mit den Schultern. »Länger brauche ich auch nicht fürs Knöllchen.« Dabei wandte sie sich ab und fing an, den klobigen Kasten in ihrer Hand zu bearbeiten. Aus welchem Jahrtausend sind die überhaupt, schoss ihm durch den Kopf. Die sahen aus wie die ersten Gameboys aus den Achtzigern. Die müssen doch schwer sein.

Ben gab auf. Warum hätte es auch gelingen sollen? Niemand war diesen Wesen gewachsen. Noch nie hatte er gehört, dass es irgendjemandem gelungen war, sie umzustimmen.

Zum Glück stand er direkt neben einem Automaten. Hastig griff er in die Hosentasche, suchte etwas Kleingeld heraus. Dann fiel sein Blick auf das Display. »Junge Frau, der funktioniert ja nicht. Der ist kaputt.«

»Ich weiß«, antwortete sie, ohne von ihrem Spielzeug aufzusehen, »aber dafür sind wir nicht zuständig.«

Er holte tief Luft, gewann aber, kurz bevor das erste Wort seine Lippen verließ, die Beherrschung zurück. Langsam ließ er die Luft wieder aus seiner Lunge entweichen und wandte sich der Vertreterin der Ordnungsmacht zu. »Sie stehen also genau hier, obwohl Sie wissen, dass das Ding nicht geht, und lauern auf Ihre Opfer?«

»Also bitte!« Mit entrüstetem Blick sah sie ihn von unten herauf an und legte den Kopf etwas zur Seite. »Der nächste Automat steht dort drüben.«

Ben dreht sich nun vollständig zu ihr und machte zwei Schritte auf sie zu. Die kleine Frau wich jedoch nicht etwa zurück, sondern ging ebenfalls einen Schritt vor, als würde sie auf alles gefasst sein.

Stumm starrten sie sich in die Augen, wie zwei Kämpfer, die auf den ersten Schlag des Gegners warteten. Ben öffnete den Mund, um etwas zu entgegnen, schloss ihn jedoch, ohne ein Laut von sich zu geben. Dann warf er dem Automaten auf der anderen Straßenseite einen abschätzenden Blick zu. Nein, das würde er nicht tun.

Er schüttelte den Kopf, als wollte er seiner Aussage zusätzlich Nachdruck verleihen. »Na gut, das Ticket bitte.« Ohne sie weiter zu beachten, drehte er sich um und ging in den Laden.

***

Einen Moment lang hätte der Eindruck entstehen können, Claus säße allein in der Runde. Dann meldeten sich die Prüfer vor Ort mit ihrer Entscheidung zurück. »Originell. Nicht das, was wir erwartet hatten, aber gut. Lassen wir durchgehen.«

Claus nickte. Er hatte genau das erwartet. Von den Kollegen, aber auch von Ben. Laut sagte er: »Dieser Test ist doch immer wieder eine Überraschung, oder?«

Ein Lachen aus dem Lautsprecher bestätigte seine Aussage. Die Kollegen hatten wohl gerade dasselbe gesagt. »Immer wieder. Letzte Woche warst du nicht dabei. Wir hatten eine Südeuropäerin am Start. Das Ticket war der Mann mit dem Vollbart und der tiefen Stimme. Ich glaube, den kennst du noch nicht. Eine sehr gelungene Implementierung. Wir dachten, sie würde ihn so attraktiv finden, dass sie ihren Plan vergisst. Das war zumindest der Test. Allerdings kam es ganz anders. Als klar war, dass der Automat defekt war, explodierte die Frau. Unglaublich, dieses Temperament. Na, jedenfalls war unser Mann darauf nicht programmiert und wechselte in den Idle-Mode. Dabei grinste er sie leicht debil wirkend an. Ich sag dir, dann lieber eine kühle Norddeutsche zu Hause. Wir mussten sogar eine mobile Eingreiftruppe losschicken, um eine Sichtung zu verhindern.«

Claus nickte stumm und dachte, was versteht ihr schon vom Temperament der Frauen auf der Erde. Das verstehen die Erdlinge ja nicht einmal selbst. Doch musste er zugeben, dass der Vorfall kritisch gewesen war. Eine Sichtung, ausgelöst durch einen Test, hätte hohe Wellen geschlagen. Er hatte den Bericht gelesen. Es war sogar diskutiert worden, ob die Gleimstraße weiter für diese Prüfungen verwendet werden sollte.

Aber das wollte er nicht besprechen. Er streckte den Rücken durch und sagte: »Kollegen, wo ist unser Kandidat?«

»In dem Laden. Wir übernehmen erst wieder, wenn er rauskommt.«

Claus stöhnte auf. Das war in seiner Verantwortung. Nur er konnte in die Gebäude am Rand der Strecke sehen. Er schaltete das Bild auf dem großen Monitor an der Wand um und bekam einen Schreck. Das, was er sah, gefiel ihm gar nicht.

***

Als Ben die Tür zu dem kleinen Blumenladen öffnete, schüttelte er immer noch den Kopf. »Die hat ja wohl 'nen ganz herrlichen Knall. Doofe Kuh!«

»Bitte?!«

Ben sah erschrocken auf und blieb wie angewurzelt an der Tür stehen. Hatte er das etwa laut gesagt?

Mit ihm standen noch zwei ältere Damen in dem Geschäft, die sich bis eben über die gebundenen Sträuße am Boden gebeugt hatten. Jetzt sahen sie auf. Allerdings wandten sie sich nicht ihm zu, sondern der Verkäuferin.

Nun glitt die Situation ins Bizarre. Die junge Frau hinter dem Tresen starrte Ben an, ohne ein Wort zu sagen.

Der entsetzte Blick der beiden Damen ruhte auf ihr und Ben rührte sich ebenfalls nicht. Sein Blick verfing sich an ihr, der Blumenfee. So geschah für mehrere Sekunden erst einmal nichts.

Als Ben endlich merkte, dass die Zeit stehen geblieben war, dass selbst die Musik, die bis eben noch den Laden in eine sanfte Stimmung getaucht hatte, verstummt war, brachte er schließlich doch noch ein »Guten Morgen« hervor.

Doch es wurde nicht besser. Zumindest nicht gleich. Er tauchte ein in das frische Blau, das ihn zu umarmen, ja, zu umfassen schien. Trotz des Funkelns, das ihn mit Tausenden Blitzen entgegenschlug, ließ er sich fallen, versank in der Schönheit. Dann geschah etwas Unerwartetes. Für den Bruchteil eines Augenblicks mischte sich in den strengen Blick eine Winzigkeit, etwas Neues. Etwas, das so gar nicht passen wollte. Schalk. Nur wirklich ganz kurz, aber doch nicht zu übersehen, zuckte ein winziger Hauch über ihr Gesicht und Ben wurde aufmerksam.

Er neigte den Kopf zur Seite, lächelte und wusste, die Entrüstung, die funkelnden Augen, all das gehörte zur Show. Also, dachte er sich, spiele ich mit. »Soll ich noch mal rausgehen und wir versuchen den Opener noch mal?«

»Meinst du, das kannst du noch besser?«

Ben ignorierte das selbst für diese Gegend etwas freche Du und antwortete: »Gutes wird beim zweiten Mal immer besser.«

»Ach, und das war also gut?« Sie schaffte es tatsächlich, ihn weiterhin wütend anzusehen.

Doch Ben ließ sich nicht mehr aus der Ruhe bringen. Er setzte ein provozierendes Lächeln auf und sagte: »Ob es gut wird, weiß man meist erst hinterher. Nie den Tag vor dem Abend oder, wie ich gern sage, die Nacht vor dem Frühstück loben.«

Die ohnehin schon übergroßen Augen wurden für einen Moment noch größer, die Sonne heller. Dann ging sie zum Angriff über. »Soso, es braucht also das Frühstück, damit die Nacht mit dir wirklich gut war. Na, das klingt ja nicht sehr verlockend.«

Mit einem etwas zu lauten Lachen versuchte Ben, den Angriff zu parieren, doch spürte er sofort, dass sie ihn durchschaute.

Dann passierten zwei Dinge gleichzeitig. Eines allein hätte den Reiz des Moments nicht vertreiben können. Gemeinsam schafften sie es, die Welt wieder anzustupsen, sie weiterdrehen zu lassen.

Zuerst räusperte sich die eine der beiden älteren Damen. Sie hatte schon mehrmals versucht, die Aufmerksamkeit der Verkäuferin auf sich zu lenken. Aber ihre empörten Blicke und leisen Geräusche waren ignoriert worden. Das, was sie nun von sich gab, war jedoch nicht mehr zu überhören. Ein lautes Röcheln erfüllte den Raum, machte klar, hier wollte jemand erhört werden.

Selbst das hätte allein den Blickkontakt, die stumme Kommunikation zwischen Ben und der Blumenfee nicht unterbrechen können. Doch es kam Hilfe. Bens Handy meldete sich mit dem Ton einer eintreffender SMS. Erst ganz leise, dann, beim zweiten Mal, deutlich lauter. Reflexartig griff er in die Hosentasche und holte es heraus. Bevor er drauf schaute, bemerkte er noch, wie der Blick der Fee an Glanz verlor. Die Augen schrumpften auf Normalmaß und auch das Blau darin leuchtete weniger hell, während sie sich dem Störenfried zuwandte.

»Wir nehmen den Strauß dort am Fenster, mit der Amaryllis.« Die grelle Stimme der Alten verjagte das letzte Quäntchen des verbliebenen Zaubers. Der Montagmorgen war zurückgekehrt.

Als Ben nicht ohne eine gewisse Enttäuschung auf das kleine Display blickte, brauchte er einen Moment, bis er in seinem Kopf zulassen konnte, was dort stand. *Vorsicht Falle! Lass dich nicht ablenken!*

Er stand immer noch an der Tür des kleinen Ladens, die nach seinem Eintreten nur knapp hinter ihm zugefallen war. Vollkommen verwirrt ob der schrägen SMS nahm er seine Umgebung war, als würde er einen Film sehen, aber nicht darin mitspielen.

Unauffällig sah er sich um, suchte nach demjenigen, der neben ihm stand, ihn beobachtete und ihn vor was auch immer warnen wollte. Doch er konnte nichts Auffälliges entdecken. Die drei Akteure vor seiner Nase spielten ihre Rollen perfekt.

Ein bunter Strauß wurde in Papier eingeschlagen, auf den Ladentisch gelegt, bezahlt. Die Fee blieb professionell freundlich, obwohl ihr die Enttäuschung gut anzumerken war. Die beiden Damen wirkten noch leicht pikiert, gaben aber ein übliches Trinkgeld. Wo war die Falle? Sollte er besser gehen?

Während er noch grübelte, ob Flucht eine Option wäre, drehten sich die beiden Damen um und traten auf ihn zu. Erst bekam Ben einen gehörigen Schreck, dann merkte er, dass er ihnen nur im Weg stand. Etwas linkisch trat er zur Seite und nickte dabei einen stillen Gruß.

Als er den Kopf wieder hob, brauchte er all seine Kraft, um nicht davonzurennen. Die Blumenfee, eben noch mindestens zehn Jahre jünger als er, wirkte nun, als könnte sie seine Mutter sein. Mit holziger Stimme fragte sie ihn, was er suchte, als hätte die Konversation eben nicht stattgefunden.

Ben, kaum in der Lage, irgendetwas zu denken, geschweige denn zu sagen, stand stumm vor ihr und starrte sie an. Dann legte die Verkäuferin ihren Kopf zur Seite und sagte: »Marie ist schon weg. Ihr ging's nicht gut. Sie müssen schon mit mir vorliebnehmen.«

Für einen winzigen Moment blitzte dabei etwas in den Augen der Frau auf. Etwas, das Ben verriet, dass sie wusste, was ihn verwirrte, etwas, das ihn zurück ins Leben stieß, ihn in die Lage versetzte zu antworten. Er konnte zwar nicht sagen, was es war, aber sein Kopf sprang an, seine Fähigkeit zu reagieren, kam zurück.

Er drehte sich um, überflog das Angebot an gebundenen Sträußen auf der Erde und entschied sich für einen Frühlingsstrauß, der direkt zu seinen Füßen stand. »Den hier nehme ich.« Er bückte sich, griff nach der Vase und hob sie auf.

Als er sich wieder umdrehte, hatte die Frau schon das Papier zum Einwickeln in der Hand und fragte: »Haben Sie es noch weit?«

»Nein. In zehn Minuten sollen die verschenkt werden.«

Die Frau nickte. »Dann genügt es, wenn Sie die gleich anschneiden, bevor sie in die Vase kommen.«

Während sie den Strauß einwickelte, wagte Ben noch einen schüchternen Blick in ihre müden Augen. Mit wem hatte er eben noch gesprochen? War es wirklich diese Frau? Unmöglich.

***

»Kollegen! Wann wolltet ihr mir sagen, dass eine Sonderprüfung eingeschoben wird?« Claus konnte seinen Ärger kaum verbergen. Wütend blickte er auf den großen Schirm an der Wand und verfolgte erleichtert, wie Ben das Blumengeschäft verließ und auf die Robbe zuging.

Als keine Reaktion von der Strecke kam, fragte er noch einmal nach. »Hey, redet mit mir! Was war das?« Das Knacken in der Leitung verriet ihm, dass die Verbindung stand. Aber warum antworteten sie nicht?

Ein gut vernehmbares Plopp begleitete das Umschalten des Monitors. Claus schloss die Augen. Na klar – das war es. Darauf hätte er auch selbst kommen können.

Vor ihm erschien das bekannte Avatargesicht vom Boss. Er lächelte spöttisch in die Kamera. »Aber Claus, meinst du etwa, du wärst der einzige Chief in der Galaxis, der einfach so in den Sessel gehoben wird?«

Jetzt prusteten auch die Kollegen an der Strecke los. Eine Falle ja – aber nicht für Ben. Ein Ausbrechen des Prüflings aus dem Parcours bedeutete stets den Super-GAU. Ausgerüstet mit den speziellen Kräften, allerdings ohne eine Ahnung, wo diese herkamen, ließen sich die Erdlinge in ihrer grenzenlosen Selbstüberschätzung meist kaum noch steuern.

Das Problem dabei war, dass die Ideen, die ihnen in den Sinn kamen, nicht mehr gelöscht werden konnten. Einer meinte mal, er müsse zum Mond fliegen. Ein anderer dachte, er könne Premierminister werden.

Mühsam über Jahrzehnte ausgehandelte Verträge waren über Nacht nichts mehr Wert. Die Welt geriet dann schnell aus den Fugen und das alles nur, weil ihnen die Kadetten entwichen.

Also gut, ein Scherz. Claus nickte kurz und bedankte sich für die Glückwünsche. »So, Kollegen, die Blumen haben wir.« Claus setzte sich gerade hin und sah auf den Monitor, der nun wieder die Strecke zeigte. »Wo stehen wir?«

»Sonnenburger.«

Claus schloss die Augen. Das würde der kritische Punkt in der Prüfung werden und das war ganz sicher kein Scherz. Obwohl er die Antwort kannte, fragte er nach: »Machen wir die mit Sattelzug?«

»Na klar. Ist doch 'ne A1.«

***

Mit den Blumen in der Hand stand Ben kurze Zeit danach wieder neben seiner Robbe. Mit der freien

Hand fingerte er den kleinen weißen Zettel vom Scheibenwischer. Aufmerksam sah er sich dabei um, als müsste er einen neuen Angriff erwarten. Aber die Uniform war verschwunden. Ganz offensichtlich wollte sie das Gespräch über den defekten Parkautomaten und den Sinn ihres Tuns nicht fortsetzen. Er schüttelte noch einmal den Kopf und stieg ein.

Sofort war er mit seinen Gedanken zurück beim Verkehr. Das Ausparken gelang super. Jemand, sicher ein Auswärtiger, ließ ihn vor und er fädelte sich wieder in die Schlange.

Inzwischen schien die Sonne recht warm durch die große Scheibe vor ihm und er begann zu schwitzen. Natürlich hatten Robben keine Klimaanlage. Da, wo sie wohnten, brauchte man die auch nicht, und überhaupt, wie sollte das auch gehen mit dem dicken Fell? Mühsam fingerte er ein Taschentuch aus der Hose und wischte sich den Schweiß von der Stirn, während der Verkehr zäh vor sich hin ruckelte.

Dann endete das Ruckeln. Die Autos vor ihm stoppten und auch aus der Gegenrichtung kam plötzlich nichts mehr.

Nicht dass sie bisher unendlich schnell vorangekommen wären, aber nun schien es, als würden die Bewegungen vollends einfrieren. Niemand kroch auch nur einen Millimeter vorwärts und das war kein gutes Zeichen.

Diese Ruhe ließ ihn nervös werden. Er hätte nicht sofort sagen können, was es war, aber da war etwas und das war falsch.

Vor ihm in der Reihe stand ein alter Golf, den konnte er gut überschauen, davor allerdings versperrte ihm ein Bus mit getönten Scheiben die Sicht. Er reckte den Kopf zur Seite und versuchte, mehr zu erkennen, ohne Erfolg.

Minuten endlosen Wartens vergingen, nichts geschah. Dann spürte Ben, wie sich eine Bewegung in das Bild schlich. Noch konnte er nicht ausmachen, was vor ihm passierte, aber zumindest die Starre hatte jemand aufgebrochen.

Als er es schließlich sehen konnte, mochte er es zunächst nicht glauben. Doch es gab keinen Zweifel, vor ihm tauchten auf einmal weiße Lichter auf. Die vom Bus machten den Anfang, der kleine Golf zog sofort nach.

Das war höchst sonderbar, denn der Berliner an sich fährt nicht rückwärts, also nicht freiwillig, und schon gar nicht am Morgen auf dem Weg zur Arbeit. Wenden war schon schwierig, aber rückwärtsfahren? Lieber stand er im Stau und schimpfte.

Ben weigerte sich, dem Beispiel zu folgen, und ließ seine Hand am Lenkrad. Nein, er wollte nicht rückwärtsfahren. Dann sah er es. Und er musste sich auch nicht mehr strecken, um an dem Bus vorbeizuschauen. Die Erscheinung kam auf ihn zu und sie kam immer näher. Im ersten Moment konnte er es nicht richtig erkennen, weil ihn die Sonne blendete, dann traf der Schatten auch ihn.

Ein unglaublicher Berg aus Stahl und Gummi schob sich ihm entgegen, so riesig, ein Wunder, dass der überhaupt in die enge Schlucht der Häuser passte. Er kam aus der kleinen Seitenstraße auf der linken Seite und fuhr in winzigen Schritten auf die Kreuzung. Es war ein übergroßer Anhänger, ein Trailer, der sich zu Bens Verblüffung rückwärts in die Masse des morgendlichen Verkehrs der Gleim hinein-schob.

Das Problem war, der Sattelzug hatte sich vertan und war in die Sonnenburger gefahren, eine Sack-gasse. Nun steckte er fest und sein einziger Ausweg bestand darin, mit dem Anhänger voran zurück in die Gleim zu stoßen. Die war aber viel zu dicht, könnte man meinen.

Kurz faszinierte Ben, wie in der dicht an dicht ge-stellten Kolonne auf ganz wundersame Weise eine Lücke entstand, die groß genug war, dass der Sattel-zug hineingleiten konnte. Die kleinen Autos hinter ihm wichen aus, schafften Platz, den das Ungetüm im Schneckentempo aber unaufhaltsam ausfüllte.

Ben wurde klar, er würde ausweichen müssen. Die ganze Reihe fuhr rückwärts, kam auf ihn zu und erwartete, dass auch er nachgab. Nur hatte er das Problem, dass er durch die Plane auf der Ladefläche in seinem Rücken nicht einmal erahnen konnte, was hinter der Robbe passierte. Eine leichte Panik beschlich ihn, als ihm klar wurde, zu müssen, aber nicht zu können.

Inzwischen stand ein Arbeiter auf der Straße und fuchtelte wild mit den Armen, bedeutete ihm in einer fremden Sprache, endlich Platz zu machen. Der Golf vor ihm kam immer dichter. Er war schon so nah dran, dass sich gleich die Stoßstangen berührten. Die Angst vor Sattelschleppern war offensichtlich um ein Vielfaches größer als die vor Robben.

Obwohl er nichts sah, legte Ben den Rückwärtsgang ein. Daraufhin erhob sich am Heck ein wütendes Hupkonzert. Nein, das war nicht der richtige Weg.

Beherzt stieg Ben aus, ging nach vorn zu dem Golf und klopfte höflich lächelnd an die Scheibe. Die junge Frau hinterm Steuer zögerte, bevor sie das Fenster öffnete. »Keine Sorge, ich beiße nicht und Robben fressen nur Fisch.«

Sie erwiderte nichts. Ihr genervter Blick machte ihm jedoch mehr als deutlich, wie unpassend sie den Spruch fand. Ben verzichtete auf weiteren Smalltalk und sagte nur kurz: »Nicht zurückstoßen, ich kann nicht.«

Sie hob die Brauen und warf ihm nun einen provozierenden Blick zu.

Na super, dachte Ben. Erst das Fenster nicht mal öffnen wollen und dann frech werden. Aber er hatte keine Zeit für eine Antwort. Er hatte ein Problem zu lösen.

Wortlos richtete er sich auf und sah nach vorn. Kein Zweifel das Ungetüm kam immer näher und auch er musste weg. Entschlossen wandte er sich um und ging wieder auf seine Robbe zu. Er wollte nach hinten gehen und schauen, wie viel Platz dort war. Vielleicht war denen ja noch nicht klar, was passierte.

Als er die Fahrertür erreichte, beschlich ihn das Gefühl, jemand würde ihn beobachten. Unwillkürlich fasste er sich ins Genick, wollte das eigenartige Kribbeln dort vertreiben.

Er musste nicht lange suchen. Auf dem Gehsteig gegenüber, genau auf Höhe der Robbe, stand ein alter Mann und sah zu ihm rüber. In dieser für alte Männer so typischen Mischung aus geistiger Rüstigkeit und körperlicher Gebrechlichkeit stützte der Mann sich mit der einen Hand auf einen Stock und hielt in der anderen einen Beutel aus Leinen mit Brötchen von dem Bäcker hinter ihm.

Zu seinen Füßen saß ein Mops, dessen Fell schon lange ergraut war. Wahrscheinlich waren sie gleich alt, wenn das bei Hunden und Männern überhaupt möglich war.

Das Auffälligste an dem Mann aber waren die Augen. Trotz der vielen Falten und der dicken Brauen stach ein dunkles Leuchten aus ihnen hervor. Wie zwei kleine Kameras flitzten sie umher, behielten den Sattelschlepper im Blick, beobachteten, wie die Autos, jedes für sich und doch auch alle gemeinsam, rückwärtsfuhren. Immer wieder nickte er oder schüttelte den Kopf. Es war, als würde er alles gleichzeitig beobachten, als hätte er das gesamte Geschehen unter Kontrolle.

Ben blieb stehen und sah zu dem Mann. Der reagierte verzögert, doch dann trafen sich ihre Blicke und Ben lief ein Schauer über den Rücken. Das Kribbeln, eben noch erfolgreich aus seinem Nacken weggekratzt, kam wieder, breitete sich aus, erreichte die Schultern, kroch über seine Arme, lähmte seine Hände.

Aber nein, es belebte, es weckte die Finger. Ben ballte sie zu Fäusten und öffnete sie wieder voller Elan. Gleichzeitig stoppte das wilde Treiben um sie herum.

Der Arbeiter, der Ben eben noch in einer ihm völlig fremden Sprache angeschrien hatte, verstummte abrupt, blieb sogar stehen, wo er gerade noch gelaufen war.

Der alte Mann mit dem Hund bewegte sich nicht. Wortlos redete er auf Ben ein und Ben hörte zu. Dann nickte er und sagte laut: »Na klah helf'ik dia, Junge!«

***

Claus schaltete das Mikro ein. »Kollegen, was soll das denn? Brechen wir etwa ab?« Er war selbst ein wenig überrascht, wie sehr seine Stimme an einen Kasernenhof erinnerte. So schnell ging das also mit der Beförderung.

»Nein, der ist nicht von uns.«

Auf der anderen Seite der Leitung wurde es hektisch. Emsig wurde nach dem Fehler im Set gesucht. Dann kam eine erste Erklärung: »Also in unserem Programm gibt's den nicht. Das muss ein Passant sein.«

Claus schloss die Augen und hielt einen Moment die Luft an. Als nichts weiterkam, schüttelte er unmerklich den Kopf und sagte: »Was? Jemand, der hilft? Habt ihr die Strecke nicht im Griff?«

Das Schweigen auf der anderen Seite hielt an.

Claus wartete noch einen Moment, dann fügte er hinzu: »Na gut, damit war nun wirklich nicht zu rechnen.« Die Erleichterung der Kollegen war selbst durch die stumme Leitung hindurch zu spüren. Ein

Abbruch nach dem Scherz mit der Blumenfee wäre ungünstig gewesen. Hin und wieder wurden die Testberichte auch in der Zentrale gelesen und diese Initiationsriten waren ausdrücklich untersagt.

Claus grinste leise in sich hinein. Sie unterschätzten ihn noch immer. Zum Glück konnten sie ihn nicht sehen. Laut sagt er mit ernster Stimme: »Mann, Mann, Mann … Okay, was jetzt?«

»Die Schule.«

**

Mit Hilfe des Alten war es Ben gelungen, die zwanzig Meter zurückzusetzen, die der Sattelschlepper benötigte, um aus seiner Falle zu entkommen.

Es war immer wieder erstaunlich, wie behände diese Alten werden konnten, wenn sie denn mal aus ihrem rentnerlichen Dösen gerissen wurden. Der jedenfalls wurde wach und schien plötzlich um Jahre verjüngt, ging mit einer Vehemenz auf die Kolonne zu, dass Ben sich fragte, ob die Autos mehr vor dem Sattelschlepper oder vor dem Alten auswichen.

Als er sich schließlich bedanken wollte, winkte er aber nur ab. Auf seine bewundernden Worte wurde er fast schroff.

»Ja mehnst du denn, ick hab mehn Leben hier uffm Stock jestützt die Tahre verdattelt?«

Ben lachte auf und hob die Hand zum Gruß.

Als das Ungetüm endlich die Kreuzung verlassen und die Gleim freigegeben hatte, entspannte sich die Lage wieder. Nun, da die Gefahr gebannt war, gingen alle wieder ihrer Wege, als wäre nichts gewesen. Hatten sie sich bis eben noch Seite an Seite der unglaublichen Frechheit einer Störung ihrer gewohnten morgendlichen Routine gestellt, war es nun, als würden sie sich auf einmal daran erinnern, dass sie sich gar nicht kannten. Die Bedrohung hatte sie für kurze Zeit zusammengeschweißt, jetzt wandte sich jeder wieder seinen Aufgaben zu. Wie in einem Ameisenhaufen, der einen übermächtigen Gegner in die Flucht geschlagen hatte.

Auch Ben hatte wenig Zeit, über die Eigentümlichkeit des riesigen LKW nachzudenken. Die Kolonne ruckte an und er konnte sogar ein paar Meter fahren. Beinahe hätte er den zweiten Gang gebraucht, doch nein, es stockte in dem Moment, als er die Hand auf den Schalthebel legte. An der Ecke zur Ystader stand die einzige Ampel auf der Strecke und schon war es vorbei mit der Rauschefahrt.

Erst dachte er, die Ampel wäre der Grund für das erneute Stocken. Doch das war sie nicht. Nicht heute.

Heute wartete eine besondere Herausforderung auf Ben. In der Mitte zwischen Sonnenburger und

Ystader thronte auf der rechten Seite der Straße eine Schule. Davor stand ein Bus so, dass er Bens Spur blockierte. Kinder wurden geherzt und geküsst, als stünde eine staatlich verordnete Landverschickung bevor. Koffer von der Größe eines Kleinwagens wurden vom Fahrer mit Hingabe in den Tiefen des Busses gesichert. Alles rannte durcheinander und wuselte herum.

Die wahren Helden aber waren die Lehrer. Wie Leuchttürme in tobender Brandung standen sie in wohl gewähltem Abstand und nickten einander in stummer Übereinstimmung zu. Jeder mit einem Notizblock in der Hand hakten sie Listen ab, hörten den Eltern zu, ermahnten die besonders Wilden, in den Bus zu steigen. In stoischer Gelassenheit notierten sie nie gehörte Namen neuer todbringender Allergien, kontrollierten Dinge, die dabeizuhaben sie angeordnet hatten, sammelten auf Zetteln verfasste Autorisierungen ein – zum Baden, sogar im Wasser, und Wandern, auch des Nachts, zum teilnehmenden Sein.

Ben beobachtete fasziniert den Trubel. Noch war er nur Zuschauer, doch die Schlange der wartenden Autos ruckte vor. Schritt für Schritt näherte er sich dem Geschehen, wurde unweigerlich Teil des wilden Wuselns. Im zähen Ringen um jeden Meter versuchte der morgendliche Verkehr, sich an dem Bus vorbeizuzwängen. Leider ließen sich hier die Autos aus der Gegenrichtung nicht so leicht austricksen. Sie fuhren einfach und boten selbst den Frechsten wenig Gelegenheit, frech zu sein.

Der für den Verkehr zur Verfügung stehende Raum schwankte in einem stark wechselnden Rhythmus. Kleine und große Wesen umkreisten den Bus wie Monde einen Planeten. Als Ben endlich zum Bus gelangte, erreichte die Dichte der kreisenden Monde mal wieder einen Höhepunkt und jede Bewegung erstarb. Eine Gruppe größerer Wesen hatte genug geherzt, gefragt, gemahnt, geküsst und schließlich schweren Herzens abgelassen. Sie hatte daraufhin die Seite gewechselt und winkte nun selig dreinschauend dem zur Verschickung auserkorenen Nachwuchs. Was kümmerte dabei der Rest der Welt?

Sprachlos verfolgte Ben das Drama. Entsetzt wanderte sein Blick hin und her zwischen den Winkenden und den Bewunkenen. Er konnte gut erkennen, wie Letztere die Augen verdrehten, sich nach dem Ende der Pein sehnten, flehten, der Bus möge doch bitte endlich starten.

Ben schüttelte den Kopf. Dann dachte er an seine Principessa und musste lachen. Was würde er sich anhören müssen, stünde er jetzt hier am Bus. »Papa! Wie peinlich ist das denn? Willst du mich etwa vor allen anderen küssen?«

***

Claus wurde allmählich nervös. Die Prüfung näherte sich dem Höhepunkt und er konnte nicht noch einmal eingreifen. Um keine Aufmerksamkeit zu erzeugen, hielt er sich betont lange zurück. Dann konnte er nicht anders, atmete einmal tief durch und schaltete das Mikro ein. »Wie macht er sich?«

Er schloss die Augen und hoffte, dass die anderen zu beschäftigt waren, um das Zittern in seiner Stimme zu hören. Die Zeit, bis das Knacken in der Leitung ihm zeigte, dass sie gleich antworten würden, kam ihm endlos vor. Fast hätte er noch einmal nachgefragt.

»Blutdruck erhöht, sonst alles im grünen Bereich. Er macht sich erstaunlich gut nach dem Warmlaufen.«

Claus prüfte noch einmal, ob sein Mikro aus war, dann atmete er laut hörbar aus und lehnte sich zurück. Er wusste jetzt, dass Ben auch diesen Teil des Parcours gut überstehen würde. Obwohl er die Antwort kannte, fragte er betont entspannt. »Haben wir heute die kranke Tochter?«

Die große Zahl an beteiligten Personen bedeutete einen immensen Aufwand an der Strecke. Claus konnte spüren, wie die Kollegen mit den Augen rollten, bevor sie schon leicht genervt antworteten:

»Nein, haben wir nicht. Die brauchen wir für die Zwischenprüfung in der Kita.«

Ein letztes Mal mischte er sich ein und fragte: »Spielen wir die Ampel?«

»Yep, die haben wir drin.«

***

Nachdem er dem Treiben eine Weile tatenlos zugesehen hatte, wog Ben seine Optionen ab. Hupen würde die Seligen nur verstören, Abwarten hieße, hier zu übernachten. Also entschied er sich für die dritte Variante: das sanfte Anlaufen.

Behutsam, als könnte er sie schon damit verschrecken, legte er den ersten Gang ein und gab ohne zu kuppeln etwas Gas. Keine Reaktion. Dann ließ er vorsichtig die Kupplung kommen. Nun kroch die Robbe mit liebevollem Muffeln auf die Winkenden zu.

Noch immer konnte er sie nicht erreichen, dafür gaben ihm Blicke des Dankes aus dem Bus Kraft.

Leider fehlten der Schnauze seines Gefährts die für Robben typischen Barthaare. Er musste den ersten Vater mit der Stoßstange quasi anstupsen, um sich bemerkbar zu machen.

Entsetzt schreckte der auf und sah ihn voller Verwirrung an. Doch anstatt einen Schritt zur Seite zu gehen, sah der sich verstört um: Ein Auto auf der Straße!

Immerhin hatte er ihn aufschrecken können. Voller Zuversicht kroch er weiter auf den Verwirrten zu, hoffte auf ein Einlenken. Doch weit gefehlt. Zwar gelang es ihm, auch ins Bewusstsein der Übrigen einzudringen, den Weg gaben sie deshalb noch lange nicht frei. Sie standen weiter mitten auf der Straße, nur die Zeit des gestischen Herzens war vorüber. Jetzt galt es, dem Angriff des Bösen die Stirn zu bieten.

Erst wunderten sie sich lediglich, dann nickten sie einhellig, bis sie schließlich eine gemeinsame Front bildeten. Dutzende Augenpaare waren auf Ben gerichtet, ebenso viele Fäuste entrüstet in die Hüften gestemmt.

Doch er ließ sich nicht stoppen. Immer wieder den Kopf schüttelnd fuhr er langsam, aber ohne anzuhalten auf die Wand der Empörung zu – und konnte sie am Ende doch erweichen. Kurz bevor er sie berührte, wichen sie zurück, beugten sich widerwillig. Das erwartete Einsehen blieb aus. Stattdessen fielen Worte, die nichts an einer Schule zu suchen hatten. Die meisten waren weit davon entfernt, zu Bens aktivem Sprachschatz zu gehören. Als sie den Fehler machten und eine Robbe breit Platz ließen, trat Ben aufs Gas, dass die Räder durchdrehten.

***

Die Kollegen an der Strecke klatschten begeistert zu dem sehr guten Ergebnis, obwohl sie wussten, dass der Prüfling sie nicht hören konnte. »Bestanden. Wir haben einen neuen Commander der intergalaktischen Flotte. Wir gehen raus. Ihr übernehmt die Ausfahrt.«

Claus nickte und ließ seine Stimme ebenfalls entspannt klingen. »Alles klar. Er fährt auf den Tunnel zu.« Dann schaltete er das Mikro ab, während er mit dem Bild auf dem großen Monitor dichter an den kleinen Laster heranfuhr.

Er wartete noch einen Moment, dann machte er das Mikro wieder an und rief: »Kollegen! Wir sind durch! Was soll das?«

Die Verwunderung am anderen Ende der Leitung war echt. Claus konnte spüren, wie sie sich mit Fragezeichen in den Augen ansahen und dabei hektisch die noch laufenden Prozesse checkten.

Es kam immer wieder vor, dass ein zur Prüfung gestarteter Avatar vergessen wurde. Der lief dann einfach weiter und nicht selten verursachten genau diese Scheinwesen die größten Probleme. Vollkommen ungesteuert stolperten sie durch die Welt, plauderten über Dinge, die die Erdlinge nicht verstehen konnten, nicht wissen durften. Meist fand man sie in einer der dunkelsten Kneipen der Stadt. Dort faselten sie dann zur Belustigung der Anwesenden etwas von einem großen Plan und totaler Überwachung.

Claus beobachtete weiter gespannt, wie sich die Robbe dem Gleimtunnel näherte. Er lächelte. Diesmal würden keine Prozesse aus dem Ruder laufen. Aber das wusste nur er. Er ließ sie noch einen Moment suchen. Als keine Antwort kam, hakte er nach. »Wo kommen die her?«

Endlich brach ein Kollege an der Strecke das Schweigen. »Claus, wir sehen nichts. Was hast du?«

Er tat, als hätte er sie nicht richtig verstanden, und gab den Nörgelnden. »Kollegen, da ist ... ja, was ist das? Eine Streife? Eine Streife am Ende der A1-Prüfung? Ich dachte, wir wären durch?«

»Nee, nee, das sind wir nicht.« Die Erleichterung am anderen Ende der Leitung ließ Claus leise lächeln. Er mochte die Kollegen. Deshalb hatte er auch ein schlechtes Gewissen, sie so hinters Licht zu führen. »Claus, Polizeistreifen benutzen wir schon lange nicht mehr. Das widerspricht dem Kodex.«

Claus konnte auf den kleinen Monitoren vor ihm sehen, wie sie weiter die Prozesse beendeten. Die Prüfung war vorüber und die Kontrolle über den Abschnitt der Stadt wurde wieder abgegeben.

In dem Maße, wie bei ihnen die Anspannung wich, wuchs das Interesse, wie sich ihr neuer Commander machte. »Wie schlägt er sich denn? Er weiß ja noch nicht, dass er sie steuern kann.«

Claus ließ das Geschehen auf dem großen Schirm an der Wand keine Sekunde aus den Augen. Mit ruhiger, aber zugleich ernster Stimme antwortete er: »Keine Ahnung. Dort habe ich auch keinen Ton. Die haben ihn jetzt gestoppt. Er steigt aus. Mir macht er einen etwas erregten Eindruck. Könnt ihr noch die Vitalfunktionen sehen?«

»Nein, wir sehen nichts mehr. Alles schon abgeschaltet. Am Ende der Prüfung war er entspannt.«

Claus gab sich Mühe, seiner Stimme einen beiläufigen Klang zu geben. »Jetzt steht er vor ihnen. Er nickt so eigenartig mit dem Kopf. Er wirft ihn immer wieder vor und zurück. Es sieht aus, als könnte er sie nicht verstehen. Ich glaube, er lacht. Dabei hält er sich mit der einen Hand an dem Laster fest, als würde er sonst umfallen. Ach warte, ich meine, damit drücken sie Unglauben aus.«

»Sollen wir doch wieder reingehen? Wenn wir das Gebiet in die Richtung ausdehnen, könnten wir vielleicht eingreifen.«

»Nein, lieber nicht. Das ist zu gefährlich. Ach, wartet. Jetzt passiert etwas. Er zittert, er reißt die Arme hoch über den Kopf und schüttelt die Hände. Komische Geste. Nun macht er einen Schritt auf die Polizisten zu. Die weichen jedoch keinen Millimeter zurück und schauen ihn nur streng an. Oh, jetzt wird's skurril. Er ist ganz nahe an den einen herangegangen und hat ihm dann die Mütze vom Kopf gerissen und sich selbst aufgesetzt. Die schauen sich verdutzt an, sind erstarrt vor Schreck. Der will natürlich seine Mütze zurück, greift danach. Aber unser Kandidat ist schneller. Der andere scheint Verstärkung zu rufen. Sie ringen um die Mütze.

Nun kommen erste Passanten dazu und wollen helfen. Jedoch kann ich nicht sagen, auf wessen Seite sie sich einmischen. Unser Mann tanzt mit erhobenen Händen um die Polizisten herum. Die wollen ihn schnappen, sind aber viel zu langsam. Mist, dass wir keinen Ton haben.

Jetzt läuft er hinter den Laster. Die beiden rennen ihm nach, versuchen, ihn einzuholen. Er ist aber schneller. Wie lange wirkt unser Beschleuniger noch mal?

Jetzt tauchen sie alle drei wieder auf. Er rennt quer über die Straße. Die beiden anderen müssen auf ein Auto warten und … jetzt fängt er an zu hüpfen. Er hüpft laut schreiend in den Park! Nun ist er weg.«

Für einen Moment war Ruhe in der Leitung. Das war definitiv der absurdeste Abschluss einer Aufnahmeprüfung in der Geschichte der Station auf der Erde. Für derartige Fälle hatten sie noch nicht einmal ein Protokoll. Die Kollegen an der Strecke brachen als erste das Schweigen: »Sind wir sicher, dass wir das nicht sind?«

Claus lächelte stumm und antwortete dann mit ernster Stimme: »Ganz sicher – das sind die Erdlinge selbst.«

Nachdem Claus das Gespräch beendet hatte, lehnte er sich entspannt zurück.

»Warum?«

»Warum was?« Claus machte eine unschuldige Miene und sah den Radiergummi fragend an.

»Komm Claus! Meinst du etwa, ich hätte es nicht bemerkt?«

Claus nickte, sagte aber kein Wort.

»Der ganze Aufwand und dann schiebst du am Ende noch so etwas ein. Nicht nur, dass damit die Anforderungen extrem übertrieben waren, du machst das auch noch, ohne die Kollegen vor Ort einzuweihen. Dir ist schon klar, was alles hätte passieren können, oder?«

»Niemals hätte er das leisten können, was wir von ihm wollten.« Claus hatte so leise gesprochen, dass er selbst nicht sicher war, ob er es gesagt oder nur gedacht hatte. Ein Radiergummi konnte kein verdutztes Gesicht ziehen. Deshalb ließ sich daraus auch keine Reaktion ablesen. Aber Claus wusste, wenn er den Eingriff bemerkt hatte, war ihm der Rest auch nicht verborgen geblieben.

Warum war er nicht eingeschritten? Er hätte doch sofort die Kontrolle übernehmen und es verhindern können. Was wusste er noch?

Er musste nicht lange grübeln. Kurz nachdem diese Fragen durch seinen Kopf waberten, ergriff der Radiergummi das Wort. »Seit wann wusstest du es?«

Claus hob den Kopf und starrte seinen Boss an. »Was genau meinst du?«

»Seit wann wusstest du, dass er nicht bestehen darf?«

Claus nickte. Genau das war die entscheidende Frage. Seine Augen lösten sich von dem kleinen Gummiklumpen vor ihm und wanderten zum Fenster. »Er ist es nicht. Er ist nicht der Auserwählte.« Das Schweigen des Radiergummis bewies Claus, dass ihm dies nicht bewusst gewesen war. Er gab ihm einen Moment, um es zu begreifen.

»Warum nicht? Wir irren uns doch sonst nie.«

Ja, das hatte Claus auch lange gedacht. Es konnte nicht sein. Sie screenten die Erdlinge so wie alle Inhabitos auf den Wirtsplaneten, um Personen zu finden, die sie für die intergalaktische Flotte rekrutierten. »Wir dachten, wir hätten einen Commander gefunden. Dabei haben wir das wirkliche Wunder übersehen.« Claus hatte sehr leise gesprochen, fast geflüstert.

Die Antwort des Radiergummis dröhnte dagegen wie die Durchsage auf einem Bahnhof. »Claus, was redest du? Was für ein Wunder haben wir nicht gesehen?«

»Sie!«

»Die Frau wäre unser Kandidat gewesen?«

Claus lachte auf. »Nein, nicht die Frau. Das wäre uns nicht entgangen. Die Tochter! Die wird einmal die Station leiten. Da bin ich mir ganz sicher.«

Das ungläubige Muffeln, das vom Tisch kam, bestätigte ihm, dass der Boss ihm die Geschichte niemals abgenommen hätte. Aber jetzt war er ja nicht mehr sein Boss. Jetzt konnte er maximal noch empfehlen, und das tat er. »Claus, wenn ich dir einen Rat geben darf, überdenke deine Entscheidung noch einmal. Das kann nicht sein!«

Claus nickte dankend und stand auf. »Ich muss jetzt los. Die warten sicher schon auf mich. So lange dauert ein Zahnarzttermin nicht mal hier auf der Erde und wir wollen doch nicht, dass jemand in den Schrank unter meinem Schreibtisch schaut.«

Als er das Haus verließ, holte er tief Luft. Er spürte, wie die Anspannung nachgab. Die halbe Stunde bis zum Institut würde er gut gebrauchen können, um sich zu beruhigen. Vorher langte er aber noch mal in die Tasche und holte eines dieser lustigen Telefone hervor, welche die Erdlinge benutzten. »Erledigt. Wir sind durch!«

»Du bist ein Schatz! Ich liebe dich.«

»Ich dich auch, Lisa!«

Berliner Antiquariat

Hey, Max, wach auf!«

Max knurrte laut und zog sich das große Kissen über den Kopf. Er wollte nicht aufstehen. Er hatte in der Nacht mal wieder die letzte Tour des 100ers durch das nächtliche Berlin übernehmen müssen und war erst nach Mitternacht heimgekommen. Wie immer, wenn er Spätschicht hatte, konnte er auch letzte Nacht nicht sofort einschlafen. Noch lange waren ihm die schrägen Gestalten im Kopf herumgespukt, die während seiner Fahrt in den Bus gestiegen waren.

»Sie war gestern wieder so spät da.«

Jetzt nahm er das Kissen zur Seite und versuchte, vorsichtig die Augen zu öffnen. Erst das rechte und dann das linke. Zum Glück hatte Mary die Vorhänge nicht aufgezogen, so war es im Schlafzimmer noch dämmrig. Mary saß am Bett und hatte eine Tasse dampfenden Kaffee in der Hand. Seiner stand auf dem Nachtschränkchen neben seinem Kopf.

Er schmunzelte. Als er um Mary geworben hatte, versprach er ihr, jeden Morgen mit frischem Kaffee an ihr Bett zu kommen und sie mit tausend Küssen zu wecken. Sie hatte damals nur gelacht. Sie musste gewusst haben, dass das Leben die Dinge oft anders bestimmte, denn seitdem er nachts arbeitete und sie die Tochter morgens zur Schule brachte, neckte sie ihn damit, dass sie vergeblich auf den Kaffee wartete.

Heute war ihr nicht nach Necken zumute. Das konnte Max an ihrem ernsten Blick sehen. Er richtete sich auf, gab ihr einen Kuss auf die Wange und drückte sie kurz an sich. Dann stopfte er beide Kissen an die Wand und setzte sich mit dem Rücken dagegen. Vorsichtig griff er nach dem heißen Kaffee und trank den ersten Schluck. Er liebte diesen Moment. Als würde das heiße Getränk, das Koffein oder einfach das gute Gefühl, den Becher in der Hand zu halten, seinen Kopf einschalten, ihn wirklich wecken.

Mary wusste das und wartete, bis er die Tasse wieder abgesetzt hatte. »Gestern waren es wieder drei Stunden. Max, das geht nicht. Sie hat einen Weg von vielleicht fünfzehn Minuten, und braucht so lange, bis sie heimkommt.« Sie sah vor sich auf den Boden.

Max nickte ernst. Fünfzehn Minuten waren großzügig gerechnet. Die Schule lag auf der anderen Seite der Prenzlauer in der Pasteurstraße. Sie musste nur über die Fußgängerampel, dann die Jablonski lang und schon war sie zu Hause.

»Hast du sie mal gefragt?«

Ihr Kopf schnellte herum und der Ausdruck in ihren Augen war Antwort genug. Normalerweise liebte er es, wenn sie ihm diesen Blick zuwarf. Das erinnerte ihn stets an ihre erste Nacht, in der er nach einer ausgelassenen 20er-Jahre-Party in ihrem Bett gelandet war. Am Morgen hatte er sie gefragt, ob alles gut sei. Sie hatte ihn mit genau diesem geheimnisvollen Ausdruck in den Augen angelacht und gesagt: »Was für eine überflüssige Frage!«

Als sie dann noch die Klamotten des Abends zum Frühstück wieder anzog, hatte er sie damit aufgezogen, ob sie immer so rumlaufen würde. Das war das zweite Mal, dass er diesen Blick als Antwort bekommen hatte. Der entscheidende Unterschied zu heute war, jetzt lachte sie nicht.

Max sah auf die Uhr. »Okay, Schatz, dann hole ich sie ab. Wann ist denn die Schule zu Ende? Das schaffe ich doch noch, oder?«

Mary nickt kurz, schien aber nicht ganz zufrieden zu sein. »Daran habe ich auch schon gedacht. Aber viel spannender wäre es zu erfahren, was sie in der Zeit macht. Meinst du nicht?«

Max überlegte. »Ja soll ich ihr etwa nachspionieren? Mary, das können wir nicht bringen!«

Jetzt wurde sie lebendig. Sie sprang auf und ging zum Fenster. Wortlos zog sie die Gardinen auf und ließ das grelle Licht des Morgens ins Zimmer.

Einen Moment stand sie dort und sah hinaus. Dann sagte sie: »Max, du sagst doch selbst immer, was für verrückte Typen nachts in deinen Bus steigen. Wie sicher sind wir, dass die am Tage alle schlafen?« Sie seufzte laut. »Natürlich kann ich eine Zehnjährige nicht ständig an die Hand nehmen oder jeden ihrer Schritte überwachen. Was aber, wenn etwas passiert? Nein, wir können es nicht ignorieren. Ich muss wissen, wo meine Tochter die Nachmittage verbringt.«

Sie hatte sich entschieden. Max wusste, dass jeder Widerstand zwecklos war.

Sie sah ihn an und ergänzte: »Stell es bitte so an, dass sie es nicht merkt.«

Die Pasteurstraße war eine kleine Querstraße im Bötzowviertel, die von der Greifswalder Allee bis zum Arnswalder Platz führte. Bis auf wenige Ausnahmen hat dieses Viertel den Krieg und den stiefmütterlichen Umgang mit der alten Bausubstanz während der DDR-Zeit gut überstanden.

So wurde nur an zwei Stellen in der Pasteur die Reihe der dicht an dicht stehenden Wohnhäuser aus der Gründerzeit unterbrochen. Vorn, fast an der Greifswalder, durch die Schule und weiter hinten, zum Platz hin, durch einen Neubau, der im Erdgeschoss auch den einzigen Supermarkt des Viertels beherbergte.

Vor diesem Supermarkt lief Max am frühen Nachmittag auf und ab und sah abwechselnd auf die Uhr und in Richtung der Schule. Neben ihm stand ein Verkäufer der Obdachlosenzeitung, der ihn von Zeit zu Zeit misstrauisch beäugte.

Punkt vierzehn Uhr hörte Max die Klingel, die das Ende der letzten Stunde verkündete. Jetzt müsste sie kommen. Aufmerksam reckte er den Hals und wanderte mit den Augen die Straße entlang. Antonia hatte einen orangefarbenen Ranzen, der aus der Entfernung gut zu sehen war.

Und richtig, mit dem ersten Schwung an Schülern, der sich durch die schwere Eingangstür zwängte, kam auch sein Töchterchen heraus. Darauf gefasst, dass sie vielleicht in seine Richtung abbiegen könnte, verschmolz er mit dem Grau der neumodischen Fassade. Bloß jetzt nicht entdeckt werden!

Aber weit gefehlt. Antonia bog nach links in Richtung Kollwitzplatz und er musste sich bemühen, sie nicht aus den Augen zu verlieren. Eiligen Schrittes folgte er ihr auf der gegenüberliegenden Straßenseite. Ohne zu bummeln überquerte sie die Greifswalder an der Ampel und stapfte tapfer die Chrisburger entlang durch das Winsviertel.

An der Ecke zur Prenzlauer überlegte Max, ob er gleichzeitig mit ihr die Ampelphase nehmen sollte, weil er fürchtete, der Abstand könnte sonst zu groß werden. Aber es kam anders. Plötzlich wechselte sie die Straßenseite und stand auf einmal etwa dreißig Meter vor ihm. Nun musste er sie vorlassen, weil er ihr sonst zu nahe kommen würde.

Um nach Hause zu kommen, musste Antonia nur geradeaus die Sredzkistraße nehmen. Aber sie bog nach rechts ab und ging die Prenzlauer entlang Richtung Norden.

Max lief ein Schauer über den Rücken. Bis eben hatte er gehofft, Mary könnte sich geirrt haben, könnte in ihrer unendlichen Liebe zu ihrem Kind etwas überreagiert haben. Hatte sie nicht. Wie immer hatte sie das richtige Gespür gehabt, hatte geahnt, dass es etwas gab, dass die Tochter ihnen verheimlichte.

Jetzt galt es, den Anschluss nicht zu verlieren. Ungeduldig wartete Max, bis die Autos endlich stoppten, und rannte los, bevor die Ampel auf Grün schaltete. Auf der anderen Seite angekommen, bemühte er sich, den Vorsprung seiner Tochter zu verringern. Er musste unbedingt mitbekommen, wohin sie ging.

Gerade als er wieder nahe genug an ihr dran war, sah er, wie sie sich nach links wandte und auf einen Mann um die Vierzig zuging.

Max stockte der Atem. Am liebsten wäre er sofort losgerannt und hätte sich auf ihn gestürzt. Noch hatte der aber seiner Tochter nicht einmal die Hand gegeben. Ganz im Gegenteil, die beiden unterhielten sich mit auffallend großem Abstand und die ganze Gestik der Diskussion verriet, dass nicht der Mann, sondern Antonia das Gespräch suchte, ihm Frage um Frage stellte. Schließlich wies der Mann mit dem Arm auf eine Tür und wandte sich wieder der Kiste zu, die vor ihm auf zwei Böcken aus Holz stand. Antonia ging auf die Tür zu und verschwand in dem Laden.

Verblüfft folgte ihr Max mit den Augen. Während er sich näherte, versuchte er, sich zu erinnern, was für Geschäfte auf diesem Teil der Prenzlauer lagen. Aber ihm fiel nichts ein, was zu seiner Tochter passen würde. Ein Reisebüro, erinnerte er sich, aber das dürfte es wohl kaum sein. Daneben ein Imbiss. Der wohl eher auch nicht.

Als er etwa auf dreißig Meter herangekommen war, erkannte er, was der Mann in der Kiste pusselte. Er sortierte Bücher. Offensichtlich alte Bücher. Nun bemerkte Max auch das Schild über dem großen Fenster. Bücher stand dort in großer, gelber Leuchtschrift, die so alt wirkte, als stammte sie aus dem letzten Jahrtausend. Max wunderte sich. Diesen Laden hatte er noch nie wahrgenommen.

Fünfzehn Jahre wohnten sie schon in der Rykestraße, aber hier, auf der Prenzlauer, gingen sie eher selten spazieren. Der laute Verkehr, der auch am

Abend kaum nachließ, hatte sie stets davon abgehalten, ihren Kiez zu verlassen.

Max trat auf den Mann zu, um ihn zu fragen, was er denn mit seiner Tochter besprochen hatte, als der unvermittelt aufsah und ihn seinerseits ansprach: »Na, Meister, und wen suchst du heute?«

Max stutzte. Er war versucht zu antworten, meine Tochter, sagte stattdessen leise: »Ich will mal schauen. Vielleicht ein bisschen stöbern.«

Der Mann kniff die Augen zusammen und musterte Max aufmerksam. Dann fragte er: »Zum ersten Mal hier, richtig?«

»Yep, das erste Mal. Ich lese in letzter Zeit nicht mehr so viel. Keine Zeit. Aber sag mal, kommen so wenige Kunden her, dass du alle persönlich kennst?«

»Das zum Glück nicht.« Der Mann lachte. »Bei meinem schlechten Personengedächtnis wären das nicht sehr viele. Davon könnte sich der Laden niemals halten.« Er machte eine kurze Pause, bevor er ergänzte: »Aber nur wer uns nicht kennt, antwortet so.«

Max lächelte verlegen. Seine Antwort hatte ihn also verraten. »Und warum stöbert man bei euch nicht?«

Der Mann nahm seine Hände aus der Kiste, worauf die eben noch mühsam gehaltenen Bücher mit einem lauten Rumms umfielen. Mit der einen Hand wies er, so wie eben bei Antonia, auf die Tür und sagte: »Die mögen es nun mal nicht, wenn man in ihnen stöbern will. Du solltest besser wissen, was du suchst. Aber geh ruhig rein. Heute ist nicht so viel los. Ich komme gleich nach und stelle dich vor.«

Max überlegte einen Moment, was er darauf antworten könnte. Den Büchern vorgestellt zu werden klang für ihn derart schräg, dass ihm nichts Passendes einfiel.

Ohne ein Wort wandte er sich der Tür zu und beschloss, sofort wieder zu verschwinden, sobald er seine Tochter gefunden hatte. Als er mit der Hand nach der Klinke griff, fiel sein Blick auf die Auslagen neben der Tür.

Die gesamte Wand um das große Schaufenster herum war gepflastert mit alten Regalen aus verwittertem Holz. Sogar vor der Scheibe gab es ein kleines Regal, sodass niemand in den Laden sehen konnte. In den Fächern standen Bildbände und Reiseberichte, Bücher über Architektur und Städtebau, jeweils mit einer schon sehr stumpfen Folie gegen Wind und Regen geschützt. Ein besonders dickes Buch über die englischen Gärten des 18. Jahrhunderts fiel auf, weil es drohte hinabzufallen.

Max drehte sich noch einmal zu dem Buchhändler um und fragte: »Kauft die denn jemand? Das hat sich doch schon tausendmal geändert.«

Der Mann lachte kurz auf und schüttelte den Kopf. »Nein, die sind nur Deko. Da kann ja auch keiner herkommen.«

Max stutzte. Wieso denn herkommen? Ging es nicht eher ums Hinfahren? Doch dafür gab es ja die Bücher – dass man nicht hinfahren musste. Aber warum herkommen? Die Bücher sind doch schon da? Komischer Kauz.

Mit diesen Gedanken zog er an der Klinke. Da sich die Tür nach außen öffnete, musste er noch einen Schritt zurück machen und sein Blick richtete sich unweigerlich nach unten auf die Stufe vor dem Laden. Zum Glück! Zum Glück für die beiden Stapel Comics, die direkt an der Tür auf dem Dielenboden standen. Sonst hätte er sie umgestoßen oder wäre gestolpert.

Als er den Kopf hob, traute er seinen Augen kaum. Es waren nicht zwei kleine Stapel, vielmehr war es der harmlos wirkende Anfang eines riesigen Berges aus Tausenden von Büchern, der sich mitten in dem kleinen Verkaufsraum auftürmte. Wie ein Krake, dessen viele Arme aus kleinen Stapeln unterschiedlichster Bücher bis zu den Wänden reichten, ruhte dieser Haufen, so groß, dass er die Decke berührte.

Überrascht von dem Anblick blieb Max an der Tür stehen. Sprachlos ließ er seine Augen über die

Bücher wandern, versuchte, Titel oder Autoren zu entziffern, suchte nach Bekanntem. Aber die Vielfalt war überwältigend. Dabei lehnten sich Taschenbücher mit nagelneuem oder auch schon eingerissenem Einband gegen reichlich mit goldenen Ornamenten verzierte Kunstausgaben. Kinderbücher türmten sich auf dem uralten Exemplar einer Messbibel. Sorgfältig noch in Folie eingehüllte neue Ausgaben aktueller Werke lagen neben vergilbten Büchern, deren Titel noch in Sütterlin geschrieben waren.

Langsam wagte er sich hinein, tat einen Schritt nach dem anderen in den schmalen Gang, der sich zwischen den übervollen Regalen auftat. Meterhohe Bücherstapel, die keinen Platz mehr in den Regalen gefunden hatten säumten den Weg. Der Gang war so eng, dass er immer wieder darauf achten musste, nichts umzustoßen. Wobei er das Gefühl hatte, dass ein Fallen der Stapel unmöglich war. Überall hielten sich die Bücher aneinander fest und verteidigten sich so gegen die Füße der staunend Eintretenden.

Als jemand, der schon seit seiner Kindheit unter Anfällen von Klaustrophobie litt, wäre er normalerweise auf dem Absatz umgekehrt und hätte diesen Ort fluchtartig verlassen. Aber er wollte, nein, er konnte nicht ohne seine Tochter gehen.

Was sollte er Mary sagen? Sie ist in einem Buchladen verschwunden, in den ich mich nicht reingetraut habe? Das ging auf keinen Fall. Max zwang sich, einen Schritt zu gehen. Dann noch einen und noch einen. Dabei ließ er den Bücherkraken nicht aus den Augen, denn inzwischen hatte er das ungute Gefühl, er würde ihn anstarren.

Als er sich zwei weitere Schritte zu gehen getraut hatte, nahm er plötzlich im Augenwinkel eine Bewegung wahr. Kurz hoffte er, Antonia würde von selbst herauskommen und sie könnten einfach verschwinden. Aber es war nicht seine Tochter, es war … Ja, was war es eigentlich?

Ein Wicht mit äußerst zierlicher Gestalt schlängelte sich den Gang entlang auf ihn zu – nicht größer als ein Kind, das Gesicht allerdings verriet, dass er schon deutlich mehr erlebt hatte.

Sonderbar war auch, was die Gestalt auf dem Kopf trug. Max musste zweimal hinsehen, bis er verstand, dass dort eine Perücke thronte, wie sie in früheren Jahrhunderten getragen wurden. Das graue Weiß der noch gut gedrehten Locken ließ vermuten, dass sie so alt war wie die Mode, solche zu tragen.

Der Wicht ging ohne zu stoppen auf Max zu und zwängte sich zwischen ihm und der Wand durch. Ein kurzes »Pardon« war alles, was er zu ihm sagte, wobei Max die perfekte Aussprache auffiel, also der original französische Nasallaut am Ende. Als er sich nach ihm umdrehte, war der jedoch schon raus und die Tür fiel mit einem lauten Knall ins Schloss. Daraufhin sah Max in die Richtung, aus der er gekommen war. Es ging dort also noch weiter. Irgendwo musste ja auch seine Tochter sein.

Er warf dem Bücherberg noch einen Blick zu und schüttelte den Kopf. Ein komischer Ort? Ja. Schräge Vögel? Auf jeden Fall! Aber nein, der Berg hatte keine Augen! Er sah ihn nicht an. Also los!

Behutsam, auf jeden Schritt achtend, schlich Max den Gang entlang. An der Ecke nahm er den einzig möglichen Weg und bog nach links ab. Nun war er vom Eingang aus nicht mehr zu sehen, war Teil des verrückten Ladens geworden. Er grinste. So schnell konnte das in seinem geliebten Berlin gehen.

In der Mitte der rückseitigen Wand, gut abgeschirmt, gab es eine schmale Öffnung zwischen den Regalen. Hier musste es zu einem hinteren Bereich gehen, dachte Max und zwängte sich dorthin durch.

Auf halbem Wege riss er mit dem Ellenbogen zwei kleine Reclamhefte von einem Stapel, fing sie aber geistesgegenwärtig kurz über dem Boden wieder auf. Er legte sie an ihren Platz zurück und hörte sich dabei sagen: »Schön festhalten, Jungs.«

Als ihm bewusst wurde, dass er soeben mit den beiden Büchern gesprochen hatte, schloss er die Augen und ermahnte sich, bloß nicht verrückt zu werden.

Einen Schritt noch und er erreichte die Öffnung. Max beugte sich vorsichtig nach vorn und war nicht überrascht, noch mehr Regale mit Büchern zu entdecken. Es schloss sich ein winziger Flur an, der ebenfalls auf beiden Seiten mit Regalen bis hoch an die Decke bestückt war. Auch hier standen vor den unteren Fächern noch Stapel von Büchern. Von diesem Flur gingen vier Türen ab, die zu weiteren Räumen führten.

In einem der Räume, einem extrem schmalen Schlauch, saß am hinteren Ende auf einem Stuhl eine junge Frau. Dem Ausdruck in ihren blauen Augen nach zu urteilen war sie genauso überrascht über ihre plötzliche Begegnung wie er. Einen Moment sahen sie sich stumm in die Augen, dann sagte Max: »Guten Tag.«

Die Frau lächelte etwas verlegen und antwortete: »Hi.«

Nun gut, dachte Max, nicht die tiefschürfendste Konversation, aber immerhin ein Anfang. Gerade als er sie nach seiner Tochter fragen wollte, fiel sein Blick auf das Kleid der Frau. Die dunkelblaue Farbe hatte es in dem dämmrigen Raum mit den vielen in Leinen gebundenen Büchern verschmelzen lassen. Es reichte bis hinunter zu den Knöcheln und war überall mit weißen Rüschen abgesetzt. Max stutzte. So etwas hatte er auf der Straße zumindest schon lange nicht mehr gesehen. In den historischen Filmen, die Mary so mochte, kamen derartige Requisiten dagegen häufiger vor. Vielleicht war die Frau ja unterwegs zu einer Mottoparty. Allerdings wäre das an einem Mittwoch um fünfzehn Uhr selbst für Berlin eher ungewöhnlich.

Inzwischen hatte sich die Frau wieder den Büchern zugewandt. Sie schien nach einem bestimmten Buch zu suchen und beachtete Max nicht. Die Gelegenheit zum Gespräch war vorüber, bemerkte Max, nicht ohne ein leises Bedauern zu verspüren.

Er hob den Kopf und sah in die Richtung der beiden Räume zu seiner Rechten. Von dort hörte er Antonias Stimme, oder vielmehr er hörte ihr helles Lachen. Er lächelte erleichtert. Offensichtlich ging es ihr gut.

Er wollte der Frau in dem blauen Kleid noch einen letzten Blick zuwerfen, bevor er weiterging, als die plötzlich aufstand und ihm ungefragt ein Buch in die Hand drückte. Sie sagte dabei etwas, das er nicht verstand.

Seine Fremdsprachenkenntnisse waren seit der Schule etwas eingerostet, trotzdem war er sich sicher, dass es zumindest eine Art Englisch war.

Ohne eine Reaktion abzuwarten drehte sie sich um und ging zurück zu ihrem Stuhl, raffte ihre Röcke und setzte sich.

Verwundert sah er auf das Buch und las den Titel, *Überredung* von Jane Austen. Unweigerlich musste er schmunzeln. Das war das Buch aus dem Film um das Haus am See mit Sandra Bullock. Er liebte diesen Film und hatte das Buch schon immer lesen wollen, war aber bisher nicht dazu gekommen. »Vielen Dank! Aber woher wussten Sie …« Max hob den Kopf, doch seine Worte gingen ins Leere, denn die Frau hatte sich längst wieder ihren Büchern zugewandt.

Er nickte kurz und ging in die Richtung, aus der er das Lachen seiner Tochter vernommen hatte. An der Tür hielt er inne und lauschte. Mit einer Hand stützte er sich am Türrahmen ab, weil ein großer Stapel mit Werken von Jack London direkt im Weg stand und er sich fast verbiegen musste, um vorbeizukommen. Noch konnte er den Raum nicht einsehen, aber das Lachen wurde lauter. Kein Zweifel, dort saß und amüsierte sich seine Toni.

Dann vernahm er eine zweite Stimme, auch ein Mädchen. Ihre Stimme war deutlich heller und frech. Vor allem sprach sie mit so scharfem Berliner Dialekt, wie er ihn in letzter Zeit kaum noch hörte. Sie sagte etwas, das Max nicht einmal verstand, das Antonia jedoch zu einer erneuten Lachsalve provozierte. Max wurde neugierig. Was hatten die beiden zu besprechen? Und warum trafen sie sich nicht in einem Park oder auf einem Spielplatz? So schön war es in dieser etwas staubigen Atmosphäre nun auch nicht.

»Aba so rehn do alle hier.«

Wieder erfüllte Antonias Lachen den Raum. Max liebte es, wenn sie so ungestüm losprustete. Dann hatte sie sich wieder im Griff und antwortete: »Nein, so reden nicht alle hier, Rieke.«

»Aba su meene Seit wa ditt so, Kleene. Der Hans wollte nu ma, ditt ick so sprechn tu.«

Max schüttelte den Kopf. Er konnte der Konversation nicht folgen, weil ständig eines der beiden Mädchen loslachte oder der anderen ins Wort fiel. Mit einem Lächeln auf den Lippen ging er den letzten Schritt durch die Tür. Er wollte sehen, was dort geschah.

Der Raum entpuppte sich als ein weiterer langer, schmaler Gang, an dessen beiden Seiten Regale standen. Der Abstand mochte etwas breiter sein als in dem, wo die junge Frau mit dem blauen Kleid saß. Am Ende stand hier jedoch kein Stuhl. Die beiden Mädchen saßen auf der Erde. Antonia hatte sich mit dem Rücken an ein Regal angelehnt, die linke Hand ruhte auf ihrem Ranzen. In der rechten hielt sie ein Buch.

Das andere Mädchen trug ein viel zu großes Kleid aus derber Baumwolle. Der Stoff war so bunt gemustert, dass Max die Sommerblumen darauf erst auf den zweiten Blick erkannte. Sie hatte blonde, lange Haare, die dringend auf einen Frisör warteten, und auch sonst schien sie wenig Zeit auf ihr Äußeres zu verwenden. Die Sandalen passten nicht zum kalten Frühlingswetter und ihre Hände waren schmutzig und zeugten mit vielen Schwielen von körperlicher Arbeit.

Als sie Max bemerkten, erstarb das Lachen. Das andere Mädchen wurde blass und auch Antonia brachte zunächst kein Wort heraus, was bei ihr eher selten der Fall war. Erst vermutete Max, sie fühlte sich in ihrer Bummelei auf dem Heimweg ertappt. Doch dann spürte er, darum ging es hier nicht.

Nach einem Moment der peinlichen Stille fand Antonia ihre Sprache zurück. »Hallo, Papa. Was machst du denn hier?«

Max kannte seine Tochter viel zu gut, als dass er ihr schlechtes Gewissen in der Stimme hätte überhören können. Noch aber hatte er das Problem nicht erkannt und spielte mit. »Engelchen, ich suche nach dir und frage mich, was du hier machst.«

An ihrem Lächeln bei dem Wort Engelchen merkte er, dass sie wusste, dass er noch nicht ahnte, wo das Problem lag. Die Erleichterung in ihrer Stimme war nicht zu überhören. »Na, wir haben Spaß hier. Übrigens, kennst du Fallada?«

Max runzelte die Stirn. »Na, nicht persönlich, der ist ja schon 'ne Weile tot, oder?« Er setzte ein scheinheiliges Lächeln auf und ermahnte sich, aufmerksam zu bleiben.

»Ja, Papa, das schon. Aber hast du was von ihm gelesen?«

Max gab einen brummeligen Laut von sich und überlegte. In der Schule hatte es sicher was gegeben. »Na klar hab ich das. Haben wir das nicht alle?«

Antonia schwieg einen Moment und betrachtete zweifelnd ihren Vater.

Dann meldete sich das fremde Mädchen zu Wort: »Un wat ham'se jelesen?«

Max' Lächeln wurde verlegen. Die Schule war doch schon eine Weile vorüber. »Na, das mit dem Verkäufer, der seine Frau immer so komisch nannte. War das Lämmchen?«

Er bemühte sich redlich, noch mehr Fakten aus seinem Gedächtnis zu kramen. Aber das war nicht nötig, denn vor ihm saß die geballte Kompetenz. »Na klar. Ditt kenn se alle. Kleena Mann – wat nu? Un sonst no watt?«

Max staunte. Das hätte er jetzt nicht erwartet. Schließlich war das ja alles andere als Jugendliteratur.

Aber die Kleine ließ nicht locker. »Ick meene, watt aus die Jejent hier vielleicht? Die sind ja in Hambuich.«

»Hamburg? Ich dachte, das spielt dann auch in Berlin. Gibt's da nicht die Szene in dem Gartenhäuschen irgendwo weit draußen?« Das Mädchen sah ihn aufmerksam an und schwieg. Max fiel noch etwas ein: »Aber der Typ hieß so, dass man an Hamburg denken musste. Pinneberg, oder? Karl Pinneberg, glaube ich.« Max strahlte. Mal wieder war Verlass auf sein Gedächtnis. Dachte er.

»Nee. Karl wa bei uns.«

Bei diesen Worten huscht ein Schatten über ihr Gesicht. Sie schluckte, fuhr dann aber fort: »Ditt war Hannes. Der wollte nich JottWeDe wohn. Un weil wa schon hier sind, issa na Hambuich.«

Max hätte gern gewusst, was genau sie mit »bei uns« meinte. Aber er verkniff sich die Frage. Sicher konnte Antonia ihm das erklären. »Sag mal, Schatz, wie sieht's aus? Wollen wir langsam los?«, fragte er.

Antonia warf dem Mädchen einen bedeutungsvollen Blick zu und nickte. »Ich komm gleich, Papa. Gibst du uns noch einen Moment?«

»Na klar. Ich warte draußen in der Sonne auf dich.«

Mit diesen Worten nickte er kurz zum Gruß, drehte sich um und zwängte sich wieder Richtung Ausgang. Ohne in einen weiteren Raum zu schauen, bedacht darauf, nur nichts umzureißen, ging er Schritt für Schritt durch die Schlucht von Büchern.

Als er endlich die Tür öffnen und ins Freie treten konnte, schlugen, ach!, zwei Herzen in seiner Brust. Erleichtert das eine. Befreit von der Enge der schmalen Wege, der schieren Masse der unzähligen Geschichten, der unmittelbaren Nähe der Menschen darin. Schwer das andere. Weil er nicht mehr mitgenommen hatte, als dieses eine Buch in seiner Hand, denn er spürte, es hätte noch so viele mehr zu entdecken gegeben. Wer wusste schon, ob er noch einmal den Zugang finden würde.

Der Händler, immer noch mit beiden Händen in einer seiner Kisten wühlend, sah auf, als die Tür ins Schloss fiel. »Na, da bist du ja schon. Ich wollte gerade reinkommen. Und, hast was gefunden?« Als er erkannte, was Max in den Händen hielt, lächelte er. »Ja, an Emma kommt niemand vorbei. Ich hätte dich warnen sollen. Jeder, der auch nur einen Moment in ihren Raum hineinsieht und nicht sofort sagt, was er will, bekommt was von Austen in die Hand gedrückt. Da muss ich jede Woche Nachschub besorgen. Was hast du denn gefangen?«

Max drehte das Buch um, damit der Titel zu lesen war.

Der Händler nickte. »Na ja, viel Glück! Das ist keine leichte Kost für einen Wenigleser.«

»Wenn nicht, ist es eine schöne Erinnerung. Ich hatte eigentlich nur meine Tochter gesucht.«

»Hast du sie gefunden?«

»Ja, sie hatte Spaß mit einem sonderbaren Mädchen in dem letzten Raum auf der rechten Seite.«

Der Händler wühlte weiter in der Kiste. Beiläufig erwiderte er: »Das ist die Rieke Busch. Die ist nur zur Aushilfe hier für die Anna. Anna hat dort drüben gewohnt, in der Jablonski. Deshalb hat sie den Laden hier mit aufgebaut.«

Max sah den Mann ungläubig an. »Dieses Mädchen mit der Berliner Schnauze arbeitet hier?«

»Na ja, arbeiten. Würde sagen, sie lebt hier und kümmert sich um ihre Bücher.«

Max schüttelte den Kopf. Er konnte nicht verstehen, was der Mann meinte. »Wie, ihre Bücher? Sie kann doch noch nichts geschrieben haben.«

Jetzt nahm der Händler die Hände aus der Kiste. Er berührte Max am Oberarm und zog ihn etwas näher zu sich heran. Leise sagte er: »Ja, weißt du denn nicht, wo du hier bist? Hierher kommen die Figuren und kümmern sich um ihre Werke. Meist in der Gegend, in der die spielen. Wir haben Glück. Fallada kam nach Berlin, deshalb spielt so viel von ihm hier in der Stadt.«

Max hatte die Absurdität der Worte noch nicht ganz erfassen können, als ein Widerspruch in seinen Gedanken aufploppte. »Und Jane Austen? Die war doch sicher nie in Berlin.«

202

»Ich sage ja, meist in der Gegend. Aber wer will schon als Romanfigur aus dem achtzehnten Jahrhundert in einem winzigen mittelenglischen Kaff umherstolzieren. Das wird schnell langweilig. Alle wollen sie in die coolen Städte ziehen. Berlin ist gerade sehr angesagt in der Szene, deshalb leben ja auch so viele aus vergangenen Zeiten hier.

Max begann langsam zu verstehen. Oder besser, er verstand, wie unverständlich das war, was der Typ von sich gab. Ihm fiel dazu keine Frage mehr ein und auch sein Redebedarf war auf einmal mehr als erschöpft. Umso erfreuter war er, als die Tür aufging und Antonia herauskam. Er war noch immer so perplex, dass er dem Mann einen Fünfer gab, nach Antonias Hand griff und grußlos davonstapfte.

An der Ecke zur Sredzkistraße fand Max seine Sprache wieder. Er stoppte abrupt, nahm seine Tochter bei den Schultern und sah ihr ernst in die Augen. »Warum hast du mir nicht erzählt, wo du die Nachmittage verbringst?«

»Hättest du mir geglaubt, wen ich hier treffe?«

Nein, das hätte ich nicht, dachte Max und fuhr fort: »Und was soll ich deiner Mutter erzählen?«

»Ach, da mach dir mal keine Gedanken, Papa. Die geht doch da ein und aus.«

Vom Fliegen

Beim ersten Blick auf den Bodden stockt Martin der Atem. Nur ein leises »Uuups« kommt aus seinem Mund; die frechen Sprüche, die ihn und Florian die Fahrt über begleiteten, sind verschwunden. Bedächtig wendet er sich ab, zieht sich sein Basecap vom Kopf und setzt es mit dem Schirm nach vorn wieder auf, damit ihm die Tropfen nicht mehr in die Augen fallen.

Dann hebt er den Kopf und wagt einen zweiten Blick. Doch was er sieht, wird nicht besser. Dichte Wolken, so grau wie der Zement der Häuser aus den Achtzigern, hängen tief über dem Wasser. Als würden sie die Wellen der Ostsee küssen wollen, neigen sie sich hinunter. Durch den heftigen Regen endet die Sicht schon nach wenigen Metern, dann wird alles eins. Der Himmel, die See, überall ist nur noch Wasser. Nur die Schaumkämme lassen die Grenze zwischen oben und unten erahnen.

Schon im Auto hatte Martin sich die Schuhe ausgezogen, jetzt steht er barfuß am Ufer. Das Wasser umspült seine Zehen. Noch trägt es die Wärme der Wochen nicht enden wollender Hitze. Die Gewitter der vergangenen Nacht konnten nur die Luft abkühlen. Ablandiger Wind, frisch bis mäßig, wie die Meteorologen sagen. Martin nickt, genauso sieht es aus. Der Wind weht aufs Meer hinaus. Alles, was nicht sicher verzurrt ist, reißt er mit sich. Am Ufer zeigt sich das Wasser noch von seiner trügerischen Seite. Auf der glatten Oberfläche ist nur ein leichtes Kräuseln zu sehen, wenn mal eine Böe den Schutz der Bäume durchbricht. Dort draußen aber, hinter der grauen Wand, dort sind sie, das weiß er, dort sind die Wellen, viele und vor allem hohe. In hektischem Wirrwarr treten sie aus dem grauen Teppich der See heraus, tanzen, locken zum Spiel.

Alles ist klatschnass. Obwohl der Regen gerade eine Pause einlegt, tropft es weiter unablässig von den Bäumen. Martin spürt den Duft des Waldes in der Nase. Es riecht nach nassem Laub und Moos. Er liebt diese Stimmung. Jetzt eine warme Hütte mit Kamin, eine schöne Frau im Arm, vielleicht noch ein Glas guten Wein oder einen Grog.

»Und ihr wisst auch, wie man damit umgeht?« Nicole, die Vermieterin, muss lauter sprechen. Nur mühsam kommt sie gegen das hohe Pfeifen des Windes in den Wanten an. Sie trägt ein gelbes Regencape und eine sehr kurze Hose. Das dunkle Braun ihrer langen Beine zeigt, dass auch hier am Bodden schon mal Sommer war. Ihre kritische Frage verstärkt das ungute Gefühl in Martins Magen.

Er überlegt noch kurz, ob ihre Sorge mehr dem Boot oder auch den beiden Helden gilt, die ihr gerade weismachen wollen, sie wüssten, worauf sie sich einlassen. Misstrauisch sieht sie ihm in die Augen, während sie an einem der Katamarane lehnt. Er hält ihrem Blick stand, nur keine Schwäche zeigen!

Allerdings ... auf Bildern, meist aus der Luft aufgenommen, sehen die Dinger immer so spielerisch leicht aus. Jetzt, wo sie davorstehen, kommt er sich unendlich winzig vor. Vor Kraft strotzend, fast majestätisch, liegen die weißen Rümpfe im Gras. Der Mast ist so hoch, dass er ein normales Einfamilienhaus überragt. Alles, woran sich die Mannschaft festhalten kann, ist ein dünnes Netz aus Kunstfasern, das zwischen den Rümpfen gespannt ist. Es ist weniger ein Boot als ein Sportgerät, ein Spielzeug – eines für die großen Jungs!

Martin hatte schon so lange davon geträumt, mal mit so einem Teil zu fahren. Er wollte endlich wenigstens einmal spüren, wie wahnsinnig schnell die sind, wollte so hoch an den Wind gehen, dass der Rumpf sich mit ihm aus dem Wasser hebt, wollte von Welle zu Welle springen, an dem Trapez, einem dünnen Drahtseil, dicht über dem Wasser schweben.

Einmal noch wollte er übers Wasser fliegen. Und heute ist der perfekte Tag dafür. Wind ist genug und das Wetter ist so schlecht, dass ihnen da draußen sicher niemand im Weg stehen wird. Na klar macht Nicole sich Sorgen, aber sollte er jetzt zurückschrecken? Nach dem weiten Weg aus Berlin sagen: »Ach nee … lieber nicht.« Das geht nicht. Schließlich hat Florian auch von den Törns mit seinem Bruder erzählt. Auch mit 'nem Kat, auch auf der Ostsee. Also los! Das kann doch nicht so schlimm sein!

»Keine Sorge, wir sind schon oft gesegelt«, entgegnet er leise. Die raue See hat ihn völlig in ihren Bann gezogen. Er räuspert sich und ergänzt mit fester Stimme: »Ich hab' doch bei dir den Schein gemacht. Hier ist er.«

Das ist zwar so falsch nicht, aber … damals war herrlichstes Sommerwetter gewesen. Die Sonne brannte und es war kaum Wind. Am Ende war der sogar komplett eingeschlafen. Auch war der Kat für die Prüfung viel kleiner gewesen. Bei der Kenterübung hatten er und der Prüfer sich gemeinsam auf eine Seite setzen müssen, damit das Boot auch nur in die Nähe des Kenterns kam. Schließlich hatten sie es aufgegeben und den Teil der Prüfung nur theoretisch abgenommen. In der Theorie konnte er es also. Prima! Theoretisch konnte er immer alles …

Drei Jahre sind seitdem vergangen. Und? Nichts! Immer wieder waren andere Dinge wichtiger gewesen. Bis jetzt.

***

Das erste Mal erwischte es ihn im Frühling. An einem der ersten warmen Tage des Jahres waren sie in ihr altes Saab-Cabrio gestiegen und einfach losgefahren. Mit offenem Verdeck nahmen sie Kurs auf die Schorfheide, wählten die kleinen, kurvigen Nebenstraßen und ließen die laute, große Stadt hinter sich.

Die kühle Morgenluft kroch aus den Wäldern und kitzelte sie zärtlich im Nacken; die Luft aus der Heizung wärmte sie an den Füßen. Genüsslich rauschten sie durch die Natur, aus den Boxen schrie Meat Loaf, was er alles für die Liebe tun würde. Wild und falsch sangen sie mit. Sie fühlten sich grenzenlos frei und alles, was sie dachten, war: Was kostet die Welt? Es war einer jener Momente, in denen man sich nicht genug bewusst machte, wie schön das Leben war und wie schnell es sich ändern konnte.

In einer Linkskurve wurde Martin übel. Die Straße vor ihm begann sich zu neigen. Er fühlte sich wie auf einem Kettenkarussell. Mühsam schluckte er herunter, was hochwollte, und als er den Saab endlich zum Stehen brachte, hatte er den Kampf mit dem Frühstück verloren.

Zum Glück hatte er es geschafft, das Fenster hinunterzufahren, und der Inhalt seines Magens klebte nun außen an der Tür.

Nachdem Anna die Tür notdürftig mit dem Wasser aus einer Pfütze abgespült hatte, sagte sie: »Rutsch rüber, Süßer! Lehn dich zurück und lass mich fahren. Es wird sicher gleich besser.«

Er sah die Sorge in ihren Augen und nickte. Sie reichte ihm einen Schluck Tee aus der Thermoskanne des Picknickkorbs und beobachtete aufmerksam, wie er behäbig die Seiten wechselte.

Anna stellte den Sitz und die Spiegel ein, startete den Motor und fuhr los. Noch einmal sagte sie: »Wird sicher gleich besser.«

Es wurde nicht besser. Zwar konnte der leere Magen nichts mehr hochwürgen, doch der Schwindel nahm mit jeder Minute zu. Das Auto, die Straße, die Bäume, einfach alles um ihn herum begann, sich zu drehen, wurde zu einem bunten Band und er saß in der Mitte.

Anna kehrte um und wählte für den Rückweg die Autobahn. Er klappte seine Lehne um und legte sich flach hin. Mit Mühe erreichten sie das Haus ihrer Eltern, in dem der gedeckte Tisch schon wartete. Doch Martin brauchte keinen Tisch, keinen Stuhl. Er brauchte das Sofa. Liegen ging, Sitzen nicht. Im Sitzen fuhr er Karussell. Sobald er sich aufrichtete, drehte sich alles immer schneller, raste um seinen Kopf, den neuen Mittelpunkt des Universums –

Schluss mit dem alten Bild der Welt, jetzt galt ein Neues. Galileo hatte unrecht!

Er hasste es, Karussell zu fahren. Wollte er ein stehendes Bild vor Augen haben, musste er liegen bleiben. Beine hoch. Sicher der Kreislauf, was soll schon sein? Wird schon gleich gehen, dachten alle. Doch es ging nicht. Es wollte nicht stoppen, die Bilder verschwammen, wurden zu einem bunten Band.

Was nun? Ratlose Gesichter halfen nicht, ein Krankenwagen musste her.

Krankenwagenfahren war gut, da konnte er liegen. Auch in der Klinik gab es ein Bett. Sonst war Wochenende. Ein Tropf am Arm stellte ihn ruhig, aber aufstehen ging eh nicht. Anna küsste ihn zum Abschied, fragte, ob sie wirklich nicht bleiben solle. Sollte sie nicht. Martin war erschöpft und die Infusion tat das ihrige. Er würde sicher gleich schlafen.

»Mach dir keine Sorgen, das wird wieder, euch einen schönen Abend noch.«

Das Bett stand am Fenster zum Hof, die Gardine war zur Seite geschoben, so dass Martin hinaussehen konnte. Eine Kastanie überragte den Garten, blühte an jedem Ast. Vögel tobten darin, jagten die Fliegen, bauten Nester. Mal auszuruhen tat sicher gut. So lange hatte er nicht genug geschlafen.

Zwei Tage nach dem Samstag kam der Montag. Das Wochenende war vorbei und Martin ging es gut. Der Montagsarzt schaute mit wichtigem Blick in die Akte und ratlos in die Augen des Patienten. »Tja, jetzt geht es Ihnen ja wieder gut, und so können wir auch nichts mehr feststellen. Wenn, dann müssten wir Sie gleich untersuchen, wenn das auftritt.«

Nun ja, was hieß in dem Zusammenhang gleich? War denn, mit dem Rettungswagen ins Krankenhaus zu fahren, nicht gleich? Aber so schön fand Martin die Aussicht auf den Hof auch nicht mehr und überhaupt, was sollte er hier? Krankenhaus, das war doch ein Haus für Kranke. Also los! Ein kleiner Zwischenfall, nichts weiter. Er schnappte sich seine Sachen und ging.

***

»Okay, Jungs, dann mal los!«

In dicken Neos, mit Schwimmwesten und Trapezhosen bestückt, stemmen sich Martin und Florian gegen den Kat. Nicole lenkt den kleinen Wagen, auf dem sie das Gefährt gemeinsam durch den Sand zum Ufer hieven. Das Segel tanzt wild umher, schlägt gegen alles, was sich ihm in den Weg stellen will.

Der Wind stichelt immer wieder in heller Vorfreude durch die Kiefern und schnappt nach dem dünnen Tuch. Vorsichtig drehen sie das Boot, damit der Bug in den Wind zeigt.

Nicole prüft noch einmal die Leinen, die zum Segel führen, und sagt zum mindestens fünften Mal: »Die Schoten schön lose legen!«

Ein Kat wird am Ufer startklar gemacht, aufgeriggt, wie es bei Seglern heißt. Das Segel muss jedoch frei im Wind wehen können, denn die Boote sind so leicht, dass selbst ein leiser Windhauch genügen würde, die Rakete zu starten – gern auch ohne Crew.

Als sie das Wasser erreichen, schwimmt der Kat sofort auf. Martin hält das Boot gegen den Wind, während Nicole den Wagen hervorzieht und zurück zum Ufer bringt.

Florian springt als Erster auf und greift nach den Leinen, prüft ein letztes Mal, ob alles lose ist. Er sieht hoch und für einen winzigen Moment sehen sie sich in die Augen, bestätigen sich noch einmal, dass sie das jetzt tun wollen. Ein Lächeln, ein kurzes Nicken und der Countdown ist gestartet.

Behutsam und ohne das wild um sich schlagende Segel aus den Augen zu lassen, dreht Martin das Boot um. Ein Kat kann vieles, rückwärts fahren sollte man aber lieber lassen. Viel Tiefgang hat er nicht, deshalb kann es schon im flachen Wasser losgehen.

Er spürt das nervöse Ruckeln und Zuckeln des Bootes; der Wind hat selbst bei weit aufgefierten

Segeln genug Kraft. Vorsichtig schiebt er das Gefährt ins knietiefe Wasser, dann springt er auf.

Keine Sekunde zu spät. Mit all seiner Wucht greift der Wind nach dem Boot. Das Spiel beginnt! »Take-off!«

***

Auch die zweite Attacke traf Martin an einem freien Tag – am frühen Ostersonntag. Als hätte ihn ein frecher Geist angestupst, war er mit einem Mal wach. Er schlug die Augen auf und wunderte sich. Sie waren erst spät ins Bett gegangen und auch dann hatten sie nicht sofort das Licht ausgemacht. Die Woche war eher stressig gewesen, sie hatten mal wieder viel zu wenig geschlafen. Warum war er wach?

Ohne sich zu bewegen, sah er sich um. Die Dunkelheit hatte das Zimmer noch fest im Griff, der Morgen war zwischen den Rollos kaum auszumachen. Er spürte die Wärme des Bettes, hörte Annas ruhigen Atem an seiner Seite.

Er schloss die Augen wieder und wohlige Bilder des Abends erschienen in seinem Kopf. Nun war es so, als hätte sie sich eben erst aus seinen Armen gelöst. Ein Lächeln schlich sich in seine Gedanken.

Dann bemerkte er den Regen, der mit dicken Tropfen auf das schräge Fenster über ihm fiel. Es war ein wildes chaotisches Prasseln, das ihn an einen Film noir erinnerte. Er öffnete die Augen und beobachtete, wie das Wasser in zahllosen Rinnsalen die Scheibe entlangfloss. Aber auch das hatte ihn nicht geweckt. Sie wohnten seit mehr als fünf Jahren hier im Dachgeschoss und er hatte schon so manchen Sturm friedlich verschlafen.

Während er ernsthaft nachzudenken begann, verspürte er einen dumpfen Schmerz hinter den Schläfen. Der konnte nicht vom Wein des Abends herrühren, denn er hatte die Flasche kaum aufgemacht, als Anna erklärte, sie wolle sofort ins Bett. Auch griff ein Kater bei ihm immer die Stirn an. Der Schmerz war anders. Der zog sich von den Schläfen bis runter ins Genick.

Und dann war da dieser Druck in seinem Kopf. Es war, als wäre dort zu wenig Platz, als drängte irgendetwas von innen gegen seinen Schädel, schlug mit jedem Pulsschlag dagegen, als würde es hinauswollen, ja, müssen. Als er den Kopf drehen wollte, spürte er, wie steif sein Hals war.

Wie spät war es denn? Hatte er überhaupt geschlafen?

Vorsichtig richtete er sich auf, um auf den Wecker auf Annas Seite zu schauen, doch die Ziffern standen nicht still. Er kniff die Augen zusammen, konnte es kaum glauben, aber die Leuchtschrift verrutschte immer, wenn er die Zeit ablesen wollte. Er schloss die Augen und öffnete sie erneut, schüttelte den Kopf, aber es half nichts. Dann bemerkte er, nicht der Wecker rutschte in seinem Bild umher, das gesamte Bild bewegte sich. Der Wecker auf dem Nachttisch, das Bett, das Zimmer – alles drehte sich um seinen Kopf. Er fuhr wieder Karussell.

***

Mit dem Wind erhebt sich ein Lärm, der Martin erschaudern lässt. Die Wanten pfeifen, die Segel knattern und knarzen, die Rümpfe springen von Welle zu Welle. Das Trampolin macht seinem Namen alle Ehre. Bei jeder Bewegung wirft es die beiden in die Luft wie Flummis, die von Kindern auf den Boden geworfen werden.

Mühsam klammern sie sich fest, um nicht von Bord zu gehen, während der Kat nun, da er einmal losgelassen, dem offenen Meer entgegenzujagen scheint. Kaum bemerkt schneiden dabei die beiden Rümpfe unter die Kämme der Wellen. Jede Welle gibt dem Boot einen winzigen Stoß nach achtern, bremst die wilde Jagd ein wenig ab.

Auf den ersten Blick eine willkommene Hilfe, das Treiben zu bändigen, doch wenn unten im Wasser jemand die Rümpfe festhält, während oben am Mast der Wind nach vorn drückt … Im letzten Moment greift Martin nach Florians Arm und reißt ihn zurück. Das Boot stellt sich wieder auf, jetzt treffen die Rümpfe die Wellen von oben. Das wäre noch was gewesen. Die zwei Superhelden schaffen es nicht mal aus der Bucht!

Die Ruder sind einzurasten. Sie sind die einzigen Teile, die tief ins Wasser hineinragen und können deshalb nicht schon am Ufer arretiert werden. Erst jetzt, da genug Ostsee unter ihnen hinwegfliegt, können sie umgelegt werden.

»Das macht ihr draußen«, hatte Nicole gesagt. »Ihr wisst doch, wie es geht, oder?«

»Ja, alles klar«, hatte Florian geantwortet. Allerdings sitzt Florian gerade vorn und hat das Vorsegel in der Hand. Diese Aufgabe fällt also Martin zu.

Die Ruder befinden sich an den Enden der Rümpfe, dort, wo das Trampolin nicht hinreicht. Martin muss sich daher auf einer Hand abstützend über das Wasser beugen und auf das Ruder drücken, bis es einrastet.

Vorhin sah das ganz einfach aus. Wissend hatten sie beide genickt, als Nicole es vormachte – am Ufer, im Sand. Jetzt schießt unter ihm das Wasser hindurch. Jede noch so kleine Welle lässt den Rumpf tiefer eintauchen und seine Hand wird überspült. Die Bugwellen treffen sich unter dem Boot, überlagern sich zu einem Berg aus Wasser, der stellt sich natürlich genau dorthin, wo er, Martin, auf dem Rumpf hängt. Aber es hilft kein Jammern, es muss sein. Bevor das erste Mal Druck auf die Pinne kommt, müssen die Ruderblätter eingerastet sein.

Er ignoriert das Tosen des Wassers, den Lärm des Windes und schlägt mehrmals gegen die starre Halterung. Endlich gibt es ein lautes Knacken und das Ruder ist dort, wo es hingehört. Als er sich erleichtert aufrichtet, wirft er einen letzten Blick zurück zum Ufer. Sie sind schon weit auf den Bodden rausgefahren, das gelbe Regencape hebt sich nur noch als winziger Punkt vor dem Wald ab. Ganz sicher kann sie nur ahnen, was sie gerade treiben, trotzdem fühlt er Nicoles besorgten Blick.

***

Sollte er Anna wecken? Dann würden sie wieder in die Klinik fahren, um nach den freien Tagen zu hören, dass man es gleich hätte untersuchen müssen?

Nein! Beim letzten Mal ging es doch auch von allein weg. Also ruhig Blut, das wird schon.

Und warum willst du überhaupt den Kopf heben? Es ist Sonntag und am Sonntag ist die Zeit egal. Überhaupt, wenn du liegst, ist doch alles schön. Also lieber hinlegen und noch ein wenig schlafen.

***

Als Martin den Blick vom Ufer losreißt, um nach vorn zu schauen, durchfährt ihn ein Schock. Der Wind hat das Boot mit all seiner Kraft erfasst und als neues Spielzeug entdeckt. »Hoho«, scheint eine dumpfe Stimme zu singen, »wer mit mir spielen will, der mache sich bereit!«

Beide Segel sind bis zum Bersten gespannt und setzen die unbändige Wucht der Natur in Druck nach vorn um. Wie eine Feder fliegt das Boot aus der Bucht auf die offene See.

Ein lustiges Bild, nett anzuschauen, wäre man nicht Teil des Schauspiels.

Das ist der langsamste Kurs des Bootes! Wie ein Blitz schießt ihm der Gedanke durch den Kopf, während er hoch zur Spitze des Mastes schaut. Der Wind trifft von hinten auf die Segel. Die stehen nur im Weg als würde man ein Handtuch hochhalten. Aber gleich, gleich müssen sie den Kurs ändern, wenn sie nicht nach Schweden wollen.

Kurs ändern heißt in der Sprache der Segler anluven, und wenn sie das tun, umströmt der Wind die Segel wie die Tragflächen eines Flugzeugs. Dann erst werden vermeintlich dumme Handtücher zu schlauen Flügeln und entfalten ihre wahre Kraft.

***

Die private Versicherung öffnete Martin die Türen zu den Sprechzimmern. Er hatte es einfach, Termine zu bekommen, selbst wenn das große Buch der Arzthelferin schon voll war. Schwieriger dagegen fiel es ihm, die Zeit zu finden, denn er hatte ja auch noch das Leben, in dem er arbeiten und Geld verdienen musste – für die Versicherung.

Extrem unwohl fühlte er sich, wenn er zum Arzt ging, ohne zeigen zu können, was er hatte. Was hätte er für ein gebrochenes Bein gegeben. »Bein, gebrochen. Hier ist es. Machen Sie mal!« Sofort wussten alle Bescheid. Dagegen klang »Ja also, dann wird mir immer wieder mal schwindlig« eher fade, oder?

»Wann denn?«

»Nachts, im Bett. Aber einmal auch am Morgen. Nein, ich trinke nicht zu viel Alkohol, nehme keine Drogen und rauche nicht. Ich mache auch keine anderen Dinge, an die Sie jetzt gerade denken.«

Beim letzten Arzt auf der langen Liste, einem Neurologen, der sicher schon so manch spezielle Beschreibung gehört hatte, konnte er die Geschichte bereits auswendig. Er wartete die Fragen nicht einmal ab, sondern ratterte die Litanei herunter wie ein Gedicht. Der nachdenkliche Blick des Doktors würde ihm ewig in Erinnerung bleiben.

»Okay, dann habe ich auch keine Idee mehr. Was bleibt, ist das MRT. Schauen wir mal in Ihren Kopf, dann sehen wir weiter. Hier ist die Überweisung. Hinten steht die Nummer, unter der Sie sich bitte einen Termin holen.«

***

Anluven heißt, die Spitze des Bootes in den Wind zu steuern. »Anluven auf Backbord!« Martin muss gegen den Lärm anschreien, damit er das Kommando wenigstens selbst hören kann.

Auch Florian hat den Schrei vernommen. Erschrocken zuckt er zusammen. Sein fragender Blick erinnert Martin daran, dass sie sonst mit den Jollen auf dem Wannsee ohne Kommandos segelten. Da hieß es eher: »Komm rüber, wir drehen!«

Okay, nun heißt es, sanft die Lenkstange wegzuschieben. Gierig folgt der Kat dem Ruder und fährt einen weiten Bogen. Aus dem Rollen wird ein seitliches Schaukeln. Als sie parallel zu den Wellen stehen, verliert das Boot an Tempo. Nun wehen die Segel wie Fahnen im Wind und erzeugen keinen Vortrieb. Sie wechseln einen bangen Blick. Wollen wir? Na klar wollen wir!

Ein leichtes Ziehen an den Schoten und das Flattern des Vorsegels hört auf. Auch das große Segel lugt neugierig hinter dem Mast hervor und ist bereit, sich mit seinem Profil in den Wind zu legen. Schnell schiebt Martin noch den Traveller nach außen, um das Segel trimmen zu können. Wie ein Rennpferd, das endlich aus der Startbox befreit wurde, hebt das Boot ab.

Florian klinkt sofort das Trapez ein und stellt sich auf den Rumpf. Vorsichtig holt Martin das Großsegel dichter, um die Balance zu halten. Alles hängt nun an der einen Leine, der Großschot in seiner Hand.

Einen Moment später schweben sie beide an dünnen Seilen aus Stahl über dem Wasser. Jetzt wird geflogen!

***

Eines Morgens im Juni betrat Martin mit flauem Magen das St. Joseph-Krankenhaus in Weißensee. Die modere Klinik thronte in einem altehrwürdigen Bau aus der Zeit, als Berlin mit rasantem Tempo wuchs, als es sich anschickte, aus dem verschlafenen Kaff inmitten von nichts zu einer Stadt zu werden, die unbedingt die Geschicke der Welt bestimmen wollte.

Die Gebäude wirkten, als hätte der Architekt damals schon geahnt, wo dies hinführen würde. Mit allen Mitteln hatte er versucht, den Menschen, die dem

Tempo nicht standhielten, einen Hort der Ruhe, einen Ort, an den sie sich zurückziehen, ja verstecken können, zu geben. Wie eine Burg mit mächtigen Mauern aus roten Ziegeln und den übergroßen Türen aus schwerem Holz trotzten sie der Hektik der Großstadt.

Zwischen den Häusern wuchsen uralte Buchen, die mit weitgespannten Ästen die Wege überragten. Bereits jetzt am frühen Morgen spendeten sie Schatten, der dankbar angenommen wurde. Die dicken Stämme waren umhüllt mit Efeu. Darin tobten unzählige Meisen und Spatzen, stritten um Futter, um den Partner, um die besten Nistplätze.

Der Bau, in den Martin gehen musste, stand am hinteren Ende des Geländes. Als er ihn endlich gefunden hatte, stemmte er sich mit aller Kraft gegen die Tür, um einzutreten. Drinnen empfing ihn eine große Halle, die sich auf der Seite gegenüber durch Glastüren zu hohen Fluren öffnete. Martin erkannte die Hinweise auf die Station mit dem MRT und bog nach rechts ab.

Der Flur zog sich wie der Kreuzgang eines Klosters um einen Innenhof, auf dem eine weitere riesige Buche stand. Ihre Blätter berührten beinahe die Mauern, so sehr füllte sie den Hof aus, nahm den Raum an, der ihr gegeben war. Doch auch das Gebäude schien an den Baum heranzurücken, als wollte es alles daransetzen, den Ästen so nahe wie möglich zu sein, die Hoffnung des frischen Grüns hinein in die Flure zu saugen, dorthin, wo sie so dringend gebraucht wurde.

Hier drinnen saß er auf einer der Bänke aus dunklem Holz. Er war früh dran, deshalb hatte er die gewählt, die etwas entfernt von der Tür mit dem Schild mit den Sprechzeiten stand. Es gab Termine, zu denen man nicht zu spät kam. Selbst Martin nicht. Heute war so einer.

Eine Tür, nein, die alles entscheidende Tür ging auf und eine Frau um die Fünfzig trat heraus. Sie trug nicht die Uniform der Götter. Sie war Patient wie er. Den Flur mit unsicherem Schritt querend, steuerte sie auf die Bank direkt gegenüber zu. Erschöpft ließ sie sich fallen und verfiel sofort in die Starre des Harrens. Martin versuchte, nicht hinzusehen, wandte den Blick ab, sah hinaus, schien dem wilden Treiben der Vögel zu folgen.

Wenige Augenblicke später öffnete sich die Tür erneut und ein weißer Kittel erschien. Er schwebte auf die Harrende zu, blieb vor ihr stehen und blickte sie an. Aus dem Kragen beugte sich ein Gesicht herab, weit genug weg, um nicht nahe zu sein, und doch scheinbar bemüht, leise zu sprechen. »Frau Wiens, da sind weiter diese Schatten. Unverändert, klar und deutlich zu erkennen.«

Was folgte, war ein winziger Moment des Luftholens, der Stille, der unfassbaren Enttäuschung, der Vergeblichkeit aller Hoffnungen. Die Luft erstarrte, die Vögel im Hof verstummten. Niemand wagte mehr eine Bewegung.

Ein Schatten. Die Schatten. Schatten in einem Bild des MRT.

Was hatte das zu bedeuten? Wie oft war sie schon hier gewesen? Was würde bei ihm zu sehen sein? Wie die Blitze eines Stroboskops schossen die Fragen durch Martins Kopf. Es wurden immer mehr. Dann kamen Bilder dazu, immer schneller, immer mehr, wurden zum Film.

Er konnte kaum noch an sich halten, wollte aufstehen, auf den Kittel zustürmen. Doch gerade, als er sich den Ruck gab, hörte er: »Hier sind Ihre Unterlagen, bitte wenden Sie sich mit dem Befund an Ihren Arzt.« Enttäuscht blieb er sitzen, bewegte sich nicht.

Die Tür fiel ins Schloss, ehe aus den weltlichen Hörern Verstehende wurden. Immer noch erstarrt ob der schlechten Nachrichten saßen sie da und lauschten dem Geräusch der Tür hinterher. Unerbittlich hallte es durch die Gänge, wanderte fort, kam wieder und verklang schließlich.

Niemand schickte sich an, einen Laut von sich zu geben. Und so saßen sie stumm, jeder auf seiner Bank, zu ohnmächtig, um sich zu rühren, etwas zu denken, zu sagen. Zu wem auch?

So verrannen die Sekunden und nichts geschah. Martin sah aus dem offenen Fenster, wünschte sich weit weg. Wenn er sich vorbeugte, konnte er ein kleines Stück vom Himmel sehen. Strahlend weiße Wolken zogen ihre Bahnen vor dem tiefen Blau. Er folgte den Spatzen mit seinen Augen, ihrer Akrobatik, wünschte sich so sehr, jetzt da draußen sein zu dürfen, einer von ihnen.

Wieder wollte er aufstehen, wollte hinaus oder wenigstens ans Fenster treten, sich hinauslehnen, die Zweige berühren, die äußersten müsste er doch packen können, die so nahe an die Fassade reichten.

Voller Hoffnung sah er, wie seine Hand sich bewegte, wie sie sich streckte, danach langte. Fast meinte er, die jungen Blätter darin zu spüren. Doch welch eine Verwegenheit, welch kühne Illusion! Nicht einen Finger konnte er rühren, schon gar nicht die Hand. Auf seinem Arm schien ein tonnenschweres Gewicht zu lasten. Es war, als würde die dunkle Bank ihn festhalten, bereithalten für das Monstrum, das hinter der Tür auf ihn lauerte, als wüsste sie, er war der Nächste.

Martin sah zur Tür hinüber, wartete, dass der Kittel endlich erschien, nach ihm rief. Aber der Kittel kam nicht.

Martin fixierte das Weiß der so oft gestrichenen Tür, doch je mehr er auf die Tür starrte, desto kleiner schien sie zu werden. Es war, als würden die Wände um den Türrahmen Stück für Stück das Holz erobern. Erst nahmen sie nur den Rahmen ein, dann wuchs die Wand weiter und die Tür schrumpfte. Nun hing sie fest verankert in der Mauer, keine Scharniere erlaubten, sie zu öffnen. Doch nicht genug, sie fraßen sich auch in das Türblatt, eroberten dessen Holz, verwandelten es in eine scheinbar massive Mauer.

Martin stutzte. Wo sollte er hin, wo war der Raum? Der Termin? Erschrocken wandte er sich um. Auch das Fenster wurde immer kleiner. Eben noch groß und frei, das Tor zum lebendigen Treiben auf dem Hof, wirkte es nun mehr wie eine winzige Öffnung, ein Guckloch, eine Schießscharte, wie es sie in alten Burgen gab.

Dann blickte er zu der Frau auf der anderen Bank. Immer noch saß sie dort, still in sich gekehrt. Sie hatte den Kopf nach unten geneigt, als würde sie etwas lesen, das sie in ihren Händen hielt. Aber sie las nicht. Sie saß nur da, saß da und wartete. Sie konnte nicht aufstehen, konnte nicht mehr gehen.

Martin wollte aufspringen, nun endlich, wollte hinübergehen, sich neben sie setzen, ihr den Arm um die Schulter legen, etwas Tröstendes sagen.

Doch wieder kam es nicht dazu. Er war zu spät. Erst spürte er sie ganz leicht. Nur den Hauch einer eisigen Luft, der die Beine umspielte, seine Füße erfasste. Noch konnte er sich strecken, konnte die Schultern in Richtung des offenen Fensters recken, dorthin, wo der Frühling, wo die Wärme der Sonne alles belebte. Aber sie kamen.

Aus dem Dunkel der Ecken erschienen sie, waberten den Flur entlang. Ergriffen alles, was sich in den Weg stellte. Stühle, Bänke, selbst Wände und Bilder hatten keine Chance.

Schon erreichten sie die Tür nach draußen, ein schimmernder Glanz überzog den Rahmen, dann war auch sie des Eises starr. Niemand konnte sie mehr passieren, niemand konnte mehr fliehen. Gefangen im Eis der Schatten.

**

Nach der fünften Wende wächst das Vertrauen in ihr Vermögen. Gemeinsam fliegen Martin und Florian über den Bodden, vorbei an den Tonnen des Fahrwassers, dem Stumpf des alten Leuchtturms, den Bojen, die den anderen die vielen Untiefen markieren.

Ja, den anderen, aber nicht ihnen. Sie können das alles ignorieren. Wer sollte Fliegende aufhalten?

Die Erfahrungen aus dem Segeln kleiner Jollen verleiten Martin, immer höher an den Wind zu steuern. Stück für Stück steigert er den Druck auf das Boot, die Menge an Wind, die nicht nach vorn, sondern zur Seite wirkt, deren Kraft durch ihr Gewicht im Trapez ausgeglichen werden muss.

Immer weiter lässt er den Rumpf an Luv emporsteigen und immer mehr genießen sie den Moment, wenn die Strömung abreißt und sie zurück auf das Wasser fallen. Bei jedem Ansteigen geht er ein Stück höher, das Boot scheinbar sicher in der Gewalt habend. Immer näher wagen sie sich an den Punkt, an dem sogar dieses Boot kippen würde.

Bei jedem Wellenkamm erfährt das Boot einen leichten Schlag gegen den Rumpf, der unter ihnen durch das Wasser schießt. Je nach Winkel und Geschwindigkeit ist er mal stärker oder auch gar nicht zu spüren.

Die Begeisterung ergreift sie, lässt sie übermütig johlen, den Wind und die tosende See verspotten, die herannahende Böe nicht sehend. Doch der Kipppunkt ist da, und wenn dann eine Böe einfällt, sollte man sie gesehen haben.

Diese Böe sieht Martin nicht.

Sie trifft das Boot, als es gerade an einem Kamm abgleitet, und diesmal genügt der leichte Schlag im richtigen Moment. Wie in Zeitlupe steigt der Rumpf empor, auf dem sie stehen. Immer weiter nach oben, immer höher, schon stehen sie über dem Segel.

Hastig schlägt Martin die Großschot los. Kreischend rauscht die Leine durch den Block, doch es hilft nichts. Längst hat das Boot sein aufrichtendes Moment verloren.

Von hoch oben fallen sie tief ins Wasser, schlagen mit lautem Klatschen auf, tauchen weit ein, werden von der schweren Kleidung hinabgezogen. Erschrocken reißt Martin die Augen weit auf und sieht doch nichts. Er weiß nicht, wo oben und unten ist, weiß nicht, wo er hinsehen, hinschwimmen soll.

Das Boot hat sich überschlagen, liegt nun über ihm und verhindert, dass Licht zu ihm in die Tiefe dringt. Eine Leine hat sich um sein Bein gewickelt und behindert ihn beim Schwimmen. Die Weste hilft. Doch es sind nur Regattawesten, die helfen, aber retten nicht.

Er macht einen Schwimmstoß mit den Armen, dann noch einen. Die Leine reißt ihn zurück, bindet ihn an das Boot, zieht ihn in die andere Richtung.

Das Nächste, was er sieht, ist der Kat von unten. Erst das Groß, dann auch den Rumpf.

Mühsam kämpft er sich an den Leinen und dem Segel vorbei ans Licht. Dankbar greift er mit einer Hand nach dem Rumpf, krallt sich daran fest. Für einen winzigen Moment spürt er die Wärme der

Sonne im Gesicht. Eine Welle schwappt über ihn hinweg, der Kampf ist noch nicht gewonnen.

Er spuckt das Wasser aus und schreit gegen den Wind an: »Florian! Florian, wo bist du? Bist du okay?«

Hektisch sieht er sich um, sucht nach einer Spur von Florian. Er hat keine Ahnung, wie lange er unter Wasser war. Aus seiner Zeit als Rettungsschwimmer weiß er, dass ihm nur etwa drei Minuten bleiben. Drei Minuten Atemstillstand, in denen das Gehirn nicht mit Sauerstoff versorgt wird, und bleibende Schäden sind zu befürchten. Auch die Reanimation dürfte hier draußen sehr schwierig werden. Aber dafür muss er ihn erstmal finden.

Hastig klettert er auf den unteren Rumpf. Jetzt erreichen ihn nur noch die größeren Wellen, deshalb kann er sich umsehen.

Immer noch keine Spur. Martin beobachtet, wie sich das Boot bewegt. Das Wichtigste bei einer Kenterung ist, am Boot zu bleiben. Auf keinen Fall loslassen, denn selbst im gekenterten Zustand treibt der Kat schneller davon, als ein Mensch schwimmen kann.

Er schaut in die Richtung, aus der sie getrieben sein müssen. Wie weit sind sie schon von der Stelle weg? Wieder schnappt eine Welle nach ihm und versperrt ihm die Sicht.

Aber Florian war doch festgehakt am Trapez. Er kann doch gar nicht weg vom Boot. Er muss also irgendwo hier sein.

Wie eine Maschine, unbeirrt von den chaotischen Umständen um ihn herum, produziert sein Kopf die logischen Schlüsse. Florian kann nur unter dem Boot festhängen.

Ohne eine Sekunde länger zu überlegen, springt Martin ins Wasser. In der rechten Hand hält er die Großschot, die einzige Leine an Bord, die ausreichend lang ist, um sich daran festzuhalten. Gegen den Auftrieb der Weste ankämpfend, taucht er unter das Segel.

Seine Augen brauchen nur kurz, um sich wieder an das dunklere Wasser zu gewöhnen, dann sieht er ihn. Florian kämpft gegen das Trapez an, das sich mit der Vorschot verknotet hat. Seine Bewegungen wirken hektisch, panisch unkontrolliert. Immer wieder drückt er das Segel nach oben, um Luft holen zu können.

Schnell schwimmt Martin zu ihm, legt ihm die freie Hand auf die Schulter. Schlagartig löst sich die Anspannung.

Martin öffnet den Knoten mit einer Hand, jetzt hängt Florian nur noch am Trapez und kann am Segel vorbei auftauchen. Martin schwimmt ebenfalls nach oben und schreit gegen den Wind an: »Alles

klar bei dir? Den Mast nicht unter Wasser drücken!«
Selbst Jollenseglern wird stets eingebläut: Der Kahn
darf nicht durchkentern! Dann hast du verloren.

Durchkentern heißt, das Boot kippt immer weiter, bis der Mast schließlich senkrecht nach unten
zeigt. Wenn das Wasser flach genug ist, dass er dann
im Grund stecken bleibt, ist ein Schaden am Boot
sicher. Aber auch im tiefen Wasser ist das Aufrichten
einer durchgekenterten Jolle ohne fremde Hilfe
schwierig. Bei einem Katamaran ist es unmöglich.

Also zur Mastspitze schwimmen und stützen!

Mit Hilfe der Weste gelingt Martin das recht gut
und so strampelt er wenig später mit Armen und
Beinen in der Ostsee und balanciert gleichzeitig die
Spitze des Mastes auf der Schulter. Wind und Wellen
spielen dabei nach Belieben mit dem nun deutlich
weniger zum Fliegen geeigneten Gefährt. Der eben
noch gefrönte Hochmut ist längst verflogen.

Florian ist zum Rumpf geschwommen und klammert sich daran fest. Erleichterung ist in seinen Augen zu sehen. Erleichterung und die bange Frage:
Was nun?

Na, aufrichten! Das Boot wieder aufrichten!

Aber wie?

***

Mit der Magnetresonanztomographie lassen sich
Struktur und Funktion der Gewebe und Organe im
Körper darstellen. Schöne Sache. Oft hatte Martin
im Fernsehen voller Begeisterung die Berichte darüber gesehen. »Jetzt sogar in Farbe, so können Sie
noch mehr sehen und alles erkennen. Ein tolles
Ding! Wirklich gut, dass wir so etwas haben.«

Ja, im Fernsehen!

Als er den dunklen Vorraum betrat, stellte sich
diese Begeisterung nicht sogleich ein. Auf den Monitoren sah er die Bilder der vorigen Untersuchung.
Das mussten die von der Frau sein. Die, auf denen
die Schatten waren. Durch ein großes Fenster sah er
in den Behandlungsraum. Dort stand die weiße Röh-
re, davor die Liege für den Patienten – wie im Fernsehen.

»Möchten Sie etwas zur Beruhigung? In der Röh-
re neigen viele Menschen zu Klaustrophobie. Dann
dürfen Sie danach aber nicht Auto fahren.«

»Nein, danke. Ich will danach noch Auto fahren.«

»Gut. Dann den Oberkörper freimachen und auf
der Liege Platz nehmen.«

Die Kälte hatte es bis in den Raum geschafft,
doch es war zu wenig Zeit, um darüber nachzudenken.

Martin lag schon auf der Liege, als sie ihm noch ein paar Anweisungen zuriefen: »Ruhig weiteratmen, bis ich Sie auffordere, die Luft anzuhalten. Während der Untersuchung kommt es zu lauten Geräuschen, deshalb setzen Sie bitte diese Ohrenschützer auf.«

Ein Spiegel, der direkt über den Augen angebracht war, gestattete ihm ganz knapp an seinem Körper entlang den Blick hinaus. Die Kittel wuselten in den Vorraum und er blieb allein zurück.

Die Enge war wirklich eng. Wer schon in einem Fahrstuhl Angst bekam, der sollte nicht mit dem Auto herkommen. Was machen die wohl mit den Menschen, die nicht so schlank sind? Dürfen die nicht krank werden?

Ein ohrenbetäubendes Klopfen kündigte Martin an, das Gerät legte nun los. Und als ob das Monster auch Gedanken steuern konnte, veränderten sich die Bilder in seinem Kopf.

Das Erste, was er sah, war Anna. Er stand neben dem Bett, sie lag vor ihm und schlief. Dieses Bild hatte er oft gesehen. Wenn er früh losmusste, ging er schon fix und fertig angezogen noch mal zu ihr ins Schlafzimmer. Sie hatte einen so tiefen Schlaf, dass sie dabei nie aufwachte.

Er trat näher heran, kniete sich neben das Bett, konnte sie fast berühren, als ihm bewusst wurde, wie unendlich schön sie war. Vor ihrem Gesicht lag der

Arm, den er früher immer so oft gestreichelt hatte, weil sie das besonders liebte. Ihre langen Haare bedeckten den Mund und die freche Nase. Ihre Augen bezauberten ihn selbst im geschlossenen Zustand.

Plötzlich bemerkte er, dass es eine alte Erinnerung sein musste. Er sah hoch, und nein, die Dachfenster waren nicht da, auch die Tür war auf der anderen Seite. Sie schlief in dem Bett in der alten Wohnung, in ihrer Studentenbude, in der sie die erste gemeinsame Nacht verbracht hatten. Wann war er das letzte Mal morgens zu ihr gegangen und hatte sie geküsst? Mochte sie das Streicheln der Arme noch immer?

Leise schlich er sich aus dem Zimmer und schloss die Tür. Als er sich umdrehte, bereute er, den Raum verlassen zu haben, denn größer hätte der Kontrast nicht sein können. Er stand nun in dem Flur mit den dunklen Bänken und sah sich dort sitzen.

Diesmal war es ein Film – in Endlosschleife. Immer wieder begann es mit ihm, wie er aus der Tür zum Behandlungszimmer kam, etwas torkelnd den Flur querte und sich auf die Bank setzte, auf der eben noch die Frau gesessen hatte. Weiter hinten wartete der nächste Patient, doch er konnte ihn nicht erkennen. Einmal nur schien es die Frau zu sein, die sicher noch draußen saß. Er sah, wie die Tür aufging, der Kittel hinauskam, dann brach der Film ab.

Mit jedem neuen Start des Films hoffte er zu hören, was der Kittel sagen würde. Panisch konzentrierte er sich auf das Ende, doch jedes Mal brach es erneut ab.

Martin spürte, wie er ins Schwitzen geriet. Die Liege unter ihm wurde schweißnass, aber er strengte sich immer noch mehr an. Würden sie auch bei ihm etwas sehen? Was würde er tun? Wie lange hätte er noch? Wem sollte er das überhaupt erzählen? Das Beste würde sein, er behielt es für sich. Warum allen Sorgen bereiten?

Aber was machen mit der Zeit, die noch blieb? Da waren so viele Dinge, die der Alltag gefressen hatte. Das Streicheln von Annas Armen. Der Kat-Schein. Wann war er schon mal Katamaran gefahren? Nach dem Kurs noch nie!

***

Die Wellen haben ein leichtes Spiel mit ihnen. Florian hat der kurze Moment der Panik sichtlich zugesetzt. Hilflos klammert er sich an den Rumpf, will ihn auf keinen Fall loslassen.

Martin stützt die Mastspitze, strampelt mehr im Wasser, als dass er schwimmt, als in seinem Augenwinkel wie aus dem Nichts ein winziger Angelkahn mit zwei Jungen darin auftaucht, die voller Neugier, aber mit gehörigem Abstand das Treiben der beiden Segler beobachten. Als eine Weile nichts passiert, werden sie ungeduldig und kommen näher.

»Na, habt'a oich ausjeliehn, wa?«

Verwirrt ob der kräftigen Stimme aus dem Off blinzelt Martin in die Richtung, aus der die Frage kam. Er muss dabei hochsehen, denn im Vergleich zu dem unten im Wasser Schwimmenden ist selbst dieses Boot hoch oben. Er nickt kaum sichtbar unter den immer wieder auch über seinem Kopf zusammenschlagenden Wellen.

»Müsta wieda uffrichten.«

Voller Dankbarkeit für diesen Hinweis will er gerade zu einer passenden Antwort ansetzen, als ihn erneut eine Welle überspült.

»Als ick mit mehn Vata uff Majorka war, sind wa och mit so'n Ding jesegelt.«

Auch diese Bemerkung ist noch nicht von unmittelbar großer Hilfe. Immerhin ringt sich Martin beim nächsten Auftauchen ein Lächeln ab.

»Also, einer muss sich auf den unteren Rumpf stellen und das Seil aus dem Beam ziehen. Sämtliche Schoten müssen richtig frei sein. Dann an dem Seil ziehen, bis der Kat langsam hochkommt. Beide sollten dann irgendwie an dem Boot hängen und sich gut festhalten, weil das Ding sofort losfährt, sobald es steht. Alles klar?«

Jop, das war hilfreich!

Den Mast immer noch stützend schwimmt er zurück zum Trampolin. Florian angelt sich die Leine aus dem Beam und beginnt, auf dem unteren Rumpf stehend, daran zu ziehen.

Inzwischen hat der Wind das Boot langsam, aber unaufhörlich gedreht, sodass die Spitze des Mastes in den Wind zeigt. Das Großsegel wippt nun bei jeder Welle ein wenig mehr aus dem Wasser, bevor es wieder eintaucht.

Sie klettern auf den unteren Rumpf und zerren an dem oberen. Gemeinsam schaffen sie es, das Ganze so weit anzutippen, bis der Wind schließlich ins Segel greift.

Es gibt nicht viele Momente im Leben, die so gleichzeitig von Freude und Angst geprägt sind, wie dieser.

Der Katamaran erhebt sich aus dem Wasser, türmt sich in seiner vollen Höhe über ihnen auf und knallt auf den zweiten Rumpf, um den sie gerade eiligst herumklettern.

***

Die Tür ging auf, der Kittel schwebte auf Martin zu, der Moment der Verkündung war da. »Herr Seming, ich kann nichts erkennen. Soweit wir das beurteilen können, liegt kein Befund vor, der die Störungen hervorrufen könnte.«

Keine Schatten. Nichts? Alles in Ordnung! Martin sah wieder aus dem Fenster. Die Vögel waren weg und auch hatten sich inzwischen dicke Wolken vor die Sonne geschoben. Der Hof wirkte jetzt deutlich weniger einladend. Aber hier sitzen bleiben? Nein, er konnte aufstehen und gehen. Die Zeit war noch nicht gekommen.

Nicht seine.

Nicht heute.

***

Beide hängen sie an dem Rumpf, der eben noch hoch über ihren Köpfen schwebte. Der Wind erfasst die Segel und will weiterspielen! Mit Mühe schaffen sie es, sich festzuhalten und einer nach dem anderen aus dem zunehmenden Fahrwasser auf das Trampolin zu klettern.

Als sie endlich oben sitzen, hat das Boot bereits Fahrt aufgenommen. Das Vorsegel schlägt wegen der immer noch losen Schoten derart laut, dass sie es erst einmal einrollen. Doch auch nur mit dem Groß schießt der Kat wie befreit über die Wellen und sie sind vor allem bemüht, sich irgendwie festzuhalten.

Kein Fahren auf einem Rumpf! Stabilität ist nun angesagt. Als Martin wieder auf dem Rumpf an Luv sitzt, Großschot und Pinne sicher in der Hand hält, beruhigt sich sein Puls etwas.

Tief atmet er ein und aus, schaut noch einmal nach vorn, nein, nichts steht ihnen im Weg. Das Boot läuft ruhig. Nun will er endlich einen dankbaren Blick in Richtung der Stelle des Kenterns schicken. Aber wo sind sie gekentert? Wo sind die beiden Retter mit den klugen Tipps? Sind sie schon wieder so weit gefahren? Kann doch nicht sein!

Ein neuer Schauer reduziert ihm die Sicht. Martin sieht nur noch Wasser. Wasser unter ihnen, Wasser von oben kommend und Wasser, das in großen Wellen von unten kommend nach oben will. Aber irgendwo müssen sie doch sein.

»Florian, wo sind die Jungs hin? Kannst du sie sehen?«

Florian schaut sich erschrocken um und fragt: »Welche Jungs?«

Das Gespräch

Ich bin viel auf Reisen. Der Umwelt zu liebe fahre ich meist mit dem Zug. Oft geht das gut: Ich habe meine Ruhe, kann lesen, der Zug kommt an und ist pünktlich. Doch es gibt auch diese anderen Erfahrungen, über die wir uns gern und ausführlich beschweren. Meist ist die Bahn schuld, hin und wieder sind es aber auch die Mitreisenden, die uns in den Wahnsinn treiben können.

Am schlimmsten finde ich jene Mitmenschen, die es nicht schaffen, sich leise zu unterhalten. Sie wollen, so hat man den Eindruck, ihre Gedanken dem Gegenüber direkt ins Hirn diktieren und lassen dabei alle anderen Fahrgäste an dem Gespräch teilhaben.

Ich lege dann immer das Buch weg oder klappe den Laptop zu, denn ich kann mich nicht mehr konzentrieren. Ich muss einfach zuhören.

Selten sind diese Gespräche eine nachhaltige Bereicherung des Lebens, dieses war es aber wohl und deshalb muss ich davon erzählen.

Ich saß in dem letzten ICE der Nacht, der die Hochgeschwindigkeitsstrecke entlang durch die Brandenburger Einöde auf Berlin zuraste. Draußen war es stockfinster, Regen setzte ein und dicke Rinnen schmutzigen Wassers liefen waagerecht über die Scheiben.

Im Abteil war es so ruhig, dass ich gedacht hatte, ich wäre der einzige Fahrgast, bis hinter mir plötzlich dieses Gespräch einsetzte. Ich konnte sie nicht sehen und auch zu hören war nur einer der beiden. Der sprach aber mit so eindringlicher Stimme, dass es mir unmögliche war, nicht zu lauschen.

Bist du dabei?

Na, eingeweiht. Bist du schon eingeweiht?

Nein, ich meine in die Sache mit den Drehbüchern?

Oh, na dann will ich nichts gesagt haben!

Nein, ich … ich sag nichts. Bin nicht autorisiert.

Keine Ahnung. Drehbücher eben.

Nee, hab noch keins gelesen. Welcher Film? Na, alle! Alle sollten eins haben. Sonst wird's chaotisch am Set.

Na ja, es gibt wohl viele. Viel mehr, als Filme gemacht werden können.

Meistens sind es die Autoren. Na sag mal, bist du nun oder nicht?

Na Jott sei Dank! Wir kriegen sonst echt Ärger. Das weißt du, oder?

Obwohl, dabei ist es so offensichtlich. Dass es wirklich keiner merkt, ist schon schräg. Mann, was hab ich die immer bewundert. Die Genialität, das kreative Moment, das ungeheure Potenzial. Dabei schauen sie nur genau hin und schreiben es auf.

Wann ich es das erste Mal gemerkt hab? Na, nicht in Berlin! Hier bin ich doch groß geworden, zusammen mit all diesen lustigen Vögeln. Ich dachte früher, die gehören dazu. Nein, das war drüben am Pazifik, nördlich von Frisco. Damals dachte ich noch, Autoren von Science-Fiction-Stoffen müssten so was von kreativ sein! All die verrückten Ideen. Telefonieren mit einem winzigen Teil in der Hand. Fliegen durch den Raum und auch selber. Autos, die sich mit der Stimme steuern lassen und dann erst die Computer!

Wie ich es gemerkt habe? Na, gesehen hab ich's!

Nein, nicht das Fliegen! Ich hab den Nebel von Carpenter gesehen.

Doch, den kennst du! Ist doch ein Klassiker. The Fog – Nebel des Grauens.

Gut, ich erzähle es dir.

Wir waren drüben in Frisco und wollten raus aus der Stadt. Einfach los und weg. Die Frau wollte noch über die Golden Gate, also fuhren wir nach Norden. Warum auch nicht. Den Redwood hatten wir ja auch noch nicht gesehen.

Wir packten also alles zusammen, stiegen ein und los gings.

So gegen Mittag sind wir gestartet und kamen gut voran. Am frühen Abend dann fingen wir an, ein Motel zu suchen, aber alles, was es an der Strecke gab, war nicht so, dass wir es wollten. Wir fuhren also immer weiter. Und wie wir da so rumsuchen, sehe plötzlich ein Schild: Eureka.

Kannte ich auch nicht. Ein winziges Kaff am Pazifik, so dreihundert Meilen nördlich von Frisco. Wir also hin und dort gab es dann prompt ein Motel und auch ein Zimmer für uns. Nach dem Einchecken hatten wir Hunger.

Als ich den Wagen vor dem Diner parkte, hatte ich sofort so ein komisches Gefühl. Ich wusste nicht, was es war, aber eine kleine Stimme in meinem Kopf sagte mir, dass etwas nicht stimmte. Gerade in der Fremde ist man ja besonders aufmerksam, und so schaute ich mich um und suchte.

Dann wusste ich, was es war: Ich hörte das Meer nicht mehr. Den ganzen Tag, wenn wir mal aus dem Auto stiegen, zum Tanken oder auch zum Schauen, immer hatte uns das dumpfe Grollen begleitet. Die Wellen rauschten, die Möwen kreischten, der modrige Geruch des Seetang in der Nase, das Salz auf der Haut, das alles hast du gehabt und auf einmal nichts mehr. Einfach weg. Stille.

Ich hebe also den Kopf und schaue in Richtung Meer. Erst dachte ich, das kann nicht sein, aber dann, dann sah ich sie – die Wand. Sonst steigt ja der Nebel aus den feuchten Ebenen auf, oder fällt auch mal herab. Aber hier? Hier kam er als eine graue undurchdringbare Wand vom Meer. Und sie kam wirklich wie in dem Film vom Pazifik rein in die Stadt.

Erst hat sie das Rauschen der Wellen verschluckt, dann die Möwen, den Strand und nun kam die Stadt dran. Ganz langsam, aber unabwendbar, griff sich der Nebel Haus für Haus, Block für Block, Straße für Straße. Es war, als würde er die ganze Stadt verschlucken wollen. Und was er einmal bekommen hatte, war weg. Der Nebel war so dicht, wie ich es vorher nie erlebt hatte.

Wir schlossen eilig das Auto ab und gingen in den Diner. Wir rannten zwar nicht, aber irgendwie wollten wir jetzt reingehen. Auch war es so, dass Leute drinnen saßen, das konnten wir durch die Fenster sehen, und auf der Straße war außer uns niemand. Als ob die Gemeinschaft derer, die schon drin waren, uns schützen würde.

Wir gingen also rein in den Laden und setzten uns instinktiv an einen Tisch, der nicht am Fenster stand. Die Leute waren eine ganz normale Mischung aus Touris wie wir und ein paar Einheimischen.

Ich weiß noch, einer saß an der Bar und sah uns zu, wie wir uns setzten. Der ist mir aufgefallen, weil der so einen Riesenbauch hatte und kaum auf dem

Barhocker sitzen konnte. Erst als ich meinen Blick von seiner Wampe abwandte, bemerkte ich das Grinsen in seinen Augen.

Unheimlich. Nicht böse, nein wirklich nicht, aber auch nicht so oberflächlich, wie man es sonst von Fremden bekommt. Es war wie wissend, als wüsste er, was gleich passierte.

Aber dann kam die Kellnerin, ein junges Mädel, die wieder so abwesend war, wie man es kannte. Ich sah in die Karte und wir bestellten Burger.

Als sie den Eistee brachte, veränderte sich die Stimmung im Raum, denn nun kam die Wand. Von einer Sekunde auf die andere wurde es dunkel in dem Diner, obwohl die Lampen über den Tischen einge-schaltet wurden.

Wie riesige Schichten vielfarbigen Graus zog der Nebel an den Fenstern vorüber, sog das Licht aus dem Raum, ließ die Temperatur spürbar fallen. In majestätisch anmutender Gelassenheit zog er drau-ßen auf der Straße an den großen Fenstern vorbei.

Nein, natürlich kam der Nebel nicht in den Di-ner! Und nein, es wurde auch niemand mit großen verrosteten Enterhaken auf bestialische Art dahinge-rafft und seine Leiche hinaus in den Nebel gezerrt.

Aber die Stimmung war so, als hätten wir damit rechnen müssen. Und etwas anderes passierte. In dem Moment, als die Wand kam, sahen die Menschen aus dem Fenster und betrachteten demütig die Vielfalt in Grau.

Die Touristen staunten. So ein Phänomen gab es nicht oft zu bewundern. Viel spannender aber war, dass auch die Einheimischen aufhörten zu sprechen. In andächtiger Stille sahen sie hinaus auf die Wand. Beinahe hörte man sie in demütigendem Gedenken der vielen Opfer vergangener Besuche des Nebels beten.

Als ich das bemerkte, drehte ich mich nach dem Dicken um. Der erwiderte meinen Blick, schenkte mir ein stummes Lächeln und nickte.

Und ich, ich wusste Bescheid. Und er wusste, dass ich es wusste. Wir sahen uns an und nickten stumm. Es würde nichts passieren, niemand hatte eine Schuld zu begleichen – nicht heute.

Nachwort

Ich hatte schon sehr lange den Traum, die vielen Geschichten in meinem Kopf zu erzählen, festzuhalten, anderen damit Freude zu bereiten, daraus ein echtes eigenes Buch zu machen. Doch mein Alltag ist bestimmt von vielen Dingen, die weit weg vom Schreiben sind, mir aber helfen, die Miete zu zahlen. Zum Glück gab es jedoch eine ganze Reihe von Menschen, die mir halfen, diesen Traum zu erfüllen.

Zuerst einmal sei da mein Freund Christian genannt, der mit mir im Kaffee Nemo saß und mich auf genau jene aufmerksam gemacht hat, die nur Ankommer unter uns Inhabitos sein können und sich genau vor solchen Diffidos fürchten, wie Christian einer ist.

Nicht vergessen will ich Rike und Christoph, die mir halfen, Falladas Rieke Busch die passenden Worte in den Mund zu legen, denn natürlich sprechen wir echten Berliner alle so.

Dann natürlich Gregor Ohlerich von Obst & Ohlerich, der mir über die Zeit mit viel Geduld, aber auch Vehemenz geholfen hat, die Gedanken in einen lesbaren Text zu verwandeln.

Auf der Zielgeraden hat mir mein Freund Jan geholfen. Er hat meine Ungeduld ertragen und trotzdem in mich fast wahnsinnig machender Akribie Fehler gesucht und zu meinem Entsetzen auch gefunden.

Wenn es fertig ist, dann muss es noch mal jemand in die Hand nehmen, der ihm den letzten Schliff gibt. Dafür danke ich Andreas, der mich mit seinem kritischen Blick wirklich überrascht hat.

Mein ganz besonderer Dank aber gilt Kerstin und Michael Barth, die mich zum Schluss an die Hand genommen und mich in wirklich großzügiger Weise an ihrer langjährigen Erfahrung beim Schreiben, Produzieren und Verlegen von Büchern teilhaben ließen. Nur durch sie wurde aus dem vagen Wunsch ein reales Projekt, aus einem „eigentlich fertig" ein „liegt im Laden – kannst du kaufen".

Über den Autor

Erik Dietzen war zwanzig, als der Staat, in dem er aufwuchs, verschwand. Dafür wurde sein geliebtes Berlin viel größer, ja das Tor zur Welt. Er gehört zu den wenigen Berlinern, die einen langen Stammbaum in dieser Stadt vorlegen können, und doch kamen die meisten seiner Vorfahren von weit her.

Als Student fuhr er in der Nacht Taxi, um die Stadt zu erleben. So entdeckte er Ecken, die selbst von den Einheimischen nur wenige kennen. Dabei traf er auf jene, die auf der Durchreise waren, eine neue Heimat suchten und zumindest für eine Zeit lang auch hier fanden.

Wenn er heute ein Taxi nimmt, sitzt er stets hinten. Das Studium ist lange abgeschlossen und nur ganz selten noch streift er durch die dunklen Viertel. Aber die Liebe zur Stadt ist geblieben und auch der Blick für die besonderen Menschen, die sie ausmachen.

Bis heute lebt er im verschlafenen Teil eines angesagten Bezirks, erlebt den Wandel und weiß genau, dass hier vieles anders ist als anderswo – halt Berlin.

Inhaltsverzeichnis